国际大奖小说
美国国家图书奖银奖

提灯的天使

Raymie Nightingale

[美]凯特·迪卡米洛 / 著
高雪莲 / 译

天津出版传媒集团
新蕾出版社

图书在版编目（CIP）数据

提灯的天使 /（美）凯特·迪卡米洛
(Kate DiCamillo) 著；高雪莲译. -- 天津：新蕾出版
社, 2018.3（2023.9 重印）
(国际大奖小说)
书名原文：Raymie Nightingale
ISBN 978-7-5307-6682-8

Ⅰ.①提… Ⅱ.①凯…②高… Ⅲ.①中篇小说-美国-现代 Ⅳ.①I712.45

中国版本图书馆 CIP 数据核字(2018)第 018286 号

Text © 2016 Kate DiCamillo
Published by arrangement with Walker Books Limited, London SE11 5HJ
Simplified Chinese translation copyright © 2018 by New Buds Publishing House (Tianjin) Limited Company
All rights reserved. No part of this book may be reproduced, transmitted, broadcast or stored in an information retrieval system in any form or by any means, graphic, electronic or mechanical, including photocopying, taping and recording, without prior written permission from the publisher.
津图登字：02-2016-77

书　　名	提灯的天使　TI DENG DE TIANSHI
出版发行	天津出版传媒集团 新蕾出版社
	http://www.newbuds.com.cn
地　　址	天津市和平区西康路 35 号(300051)
出 版 人	马玉秀
电　　话	总编办(022)23332422 发行部(022)23332679　23332677
传　　真	(022)23332422
经　　销	全国新华书店
印　　刷	天津新华印务有限公司
开　　本	880mm×1230mm　1/32
字　　数	69 千字
印　　张	8
版　　次	2018 年 3 月第 1 版　2023 年 9 月第 9 次印刷
定　　价	30.00 元

著作权所有，请勿擅自本书制作各类出版物，违者必究。
如发现印、装质量问题，影响阅读，请与本社发行部联系调换。
地址：天津市和平区西康路 35 号
电话:(022)23332677　邮编:300051

前言

一辈子的书

梅子涵

亲近文学

一个希望优秀的人,是应该亲近文学的。亲近文学的方式当然就是阅读。阅读那些经典和杰作,在故事和语言间得到和世俗不一样的气息,优雅的心情和感觉在这同时也就滋生出来;还有很多的智慧和见解,是你在受教育的课堂上和别的书里难以如此生动和有趣地看见的。慢慢地,慢慢地,这阅读就使你有了格调,有了不平庸的眼睛。其实谁不知道,十有八九你是不可能成为一个文学家的,而是当了电脑工程师、建筑设计师……可是亲近文学怎么就是为了要成为文学家,成为一个写小说的人呢?文学是抚摸所有人的灵魂的,如果真有一种叫作"灵魂"的东西的话。文学是这样的一盏灯,只要你亲近过它,那么不管你是在怎样的境遇里,每天从事怎样的职业和怎样地操持,是设计房子还是打制家具,它都会无声无息地照亮你,使你可能为一个城市、一个家庭的房间又添置了经典,添置了可以供世代的人去欣赏和享受的美,而不是才过了几年,人们已经在说,哎哟,好难看哟!

谁会不想要这样的一盏灯呢?

阅读优秀

文学是很丰富的,各种各样。但是它又的确分成优秀和平庸。我们哪怕可以活上三百岁,有很充裕的时间,还是有理由只阅读优秀的,而拒绝平庸的。所以一代一代年长的人总是劝说年轻的人:"阅读经典!"这是他们的前人告诉他们的,他们也有了深切的体会,所以再来告诉他们的后代。

这是人类的生命关怀。

美国诗人惠特曼有一首诗:《有一个孩子向前走去》。诗里说:

有一个孩子每天向前走去,

他看见最初的东西,他就变成那东西,

那东西就变成了他的一部分……

如果是早开的紫丁香,那么它会变成这个孩子的一部分;如果是杂乱的野草,那么它也会变成这个孩子的一部分。

我们都想看见一个孩子一步步地走进经典里去,走进优秀。

优秀和经典的书,不是只有那些很久年代以前的才是,只是安徒生,只是托尔斯泰,只是鲁迅;当代也有不少。只不过是我们不知道,所以没有告诉你;你的父母不知道,所以没有告诉你;你的老师可能也不知道,所以也没有告诉你。我们都已经看见了这种"不知道"所造成的阅读的稀少了。我们很焦急,所以我们总是非常热心地对你们说,它们在哪里,是什么书名,在哪儿可以买到。我就好想为你们开一张大书单,可以供你们去寻找、得到。像英国作家斯蒂文生写的那个李利一样,每天快要天黑的时候,他就拿着提灯和梯子走过来,在每一家的门口,把街灯点亮。我们也想当一个点灯的人,让你们在光亮中可以看见,看见那一本本被奇特地写出来的书,夜晚梦见里面的故事,白天的时候也必然想起和流连。一个孩子一天天地向前走去,长大了,很有知识,很有技能,还善良和有诗意,语言斯文……

同样是长大,那会多么不一样!

自己的书

优秀的文学书,也有不同。有很多是写给成年人的,也有专门写给孩子和青少年的。专门为孩子和青少年写文学书,不是从古就有的,而是历史不长。可是已经写出来的足以称得上琳琅和灿烂了。它可以算作是这二三百年来我们的文学里最值得炫耀的事情之一,几乎任何一本统计世纪文学成就的大书里都不会忘记写上这一笔,而且写上一个个具体的灿烂书名。

它们是我们自己的书。合乎年纪,合乎趣味,快活地笑或是严肃地思考,都是立在敬重我们生命的角度,不假冒天真,也不故意深刻。

它们是长大的人一生忘记不了的书,长大以后,他们才知道,原来这样的书,这些书里的故事和美妙,在长大之后读的文学书里再难遇见,可是因为他们读过了,所以没有遗憾。他们会这样劝说:"读一读吧,要不会遗憾的。"

我们不要像安徒生写的那棵小枞树,老急着长大,老以为自己已经长大,不理睬照射它的那么温暖的太阳光和充分的新鲜空气,连飞翔过去的小鸟,和早晨与晚间飘过去的红云也一点儿都不感兴趣,老想着我长大了,我长大了。

"请你跟我们一道享受你的生活吧!"太阳光说。

"请你在自由中享受你新鲜的青春吧!"空气说。

"请你尽情地阅读属于你的年龄的文学书吧!"梅子涵说。

现在的这些"国际大奖小说"就是这样的书。

它们真是非常好,读完了,放进你自己的书架,你永远也不会抽离的。

很多年后,你当父亲、母亲了,你会对儿子、女儿说:"读一读它们,我的孩子!"

你还会当爷爷、奶奶、外公和外婆,你会对孙辈们说:"读一读它们吧,我都珍藏了一辈子了!"

一辈子的书。

献给"三个农夫"

谢谢你们

目 录

一　稀奇,稀奇,真稀奇/001
二　计划/004
三　瑞米的想象/006
四　西尔维斯特太太/008
五　第一堂棒操课/010
六　"飞翔的埃莱凡特"/015
七　隐形奶奶/019
八　愤怒的贝弗莉/022
九　灵魂消失了/027
十　解决麻烦的人/031
十一　报名表/034
十二　合适的书/042
十三　金色峡谷疗养院/046

十四　握住我的手/052
十五　一封抱怨信/054
十六　眼下的难题/060
十七　第二堂棒操课/064
十八　三个农夫/069
十九　路易斯安娜的故事/073
二十　三个农夫来到了金色峡谷/079
二十一　寻书行动/084
二十二　该走了/091
二十三　快上车/093
二十四　一路疾驰/096
二十五　金枪鱼盛宴/101
二十六　心碎的人/105

二十七　出事了/109	四十　一辆购物车/178
二十八　咻咻咻/111	四十一　再访十号楼/182
二十九　追悼会/116	四十二　空笼子/185
三十　诉说/119	四十三　"小兔子"/188
三十一　第三堂棒操课/126	四十四　意外/192
三十二　拿走指挥棒/132	四十五　救人/197
三十三　世界的规则/136	四十六　瑞米·南丁格尔/199
三十四　超有爱动物中心/140	四十七　奇迹/201
三十五　在办公室/147	四十八　医院/204
三十六　有人报警了/154	四十九　它回来了/208
三十七　在瑞米家过夜/160	五十　意料之外的电话/212
三十八　南丁格尔的魔法球/166	五十一　一切尽收眼底/214
三十九　午夜行动/172	

一　稀奇,稀奇,真稀奇

三个女孩。

肩并肩。

立正站着。

站在瑞米身旁,穿粉色裙子的那个女孩哭诉道:"我越想越害怕。我没法儿坚持下去了!"

她用指挥棒顶住胸膛,跪了下去。

瑞米有些惊讶,也有些羡慕地看着她。

尽管也经常害怕自己无法坚持下去,可她从来没有如此敞亮地承认过。

那个穿粉色裙子的女孩呻吟着倒地不起。

她闭上眼,安静了一会儿,然后睁大双眼喊道:"阿琪,对不起！对不起,我背叛了你！"

她再次闭上眼,嘴仍张开着。

瑞米从未见过或听过这样的事情。

"对不起。"瑞米低声说,"我背叛了你。"

不知为什么,这句话像咒语般又被重复了一遍。

"少废话。"艾达·尼说。

艾达·尼是她们的棒操教练。她至少有五十岁了,但仍有一头金黄耀眼的头发,并且总是穿着一双及膝的白色靴子。

"我可没和你开玩笑。"艾达·尼说。

瑞米深信不疑。

艾达·尼身上完全没有段子手的细胞。

烈日当空,这一幕仿佛一部西部电影中决定生死存亡的关键场景。不过这并不是西部电影,只是艾达·尼家后院里的一堂棒操课罢了。

这是1975年的夏天。

六月五日。

两天前,也就是六月三日,瑞米·克拉克的爸爸和一个女牙医私奔了。

稀奇,稀奇,真稀奇,碟子带着汤勺跑了。①

每当瑞米想起爸爸和那个女牙医时,她的脑海里就会冒出这句童谣。

但她并没有大声念出来,因为妈妈很伤心,这时候显然不太适合谈论碟子带着汤勺跑了的事。

真是个惨痛的悲剧。

瑞米的妈妈如是说。

"真是个惨痛的悲剧。"妈妈说,"别再念叨你的童谣了。"

这真是个惨痛的悲剧,因为瑞米的爸爸成了一个可耻的人。

这真是个惨痛的悲剧,因为瑞米从此失去了爸爸。

一想到自己没有爸爸了(事实的确如此),瑞米的心就像被针扎了一样。

有时候,这种心痛让她感到无法坚持下去,有时候她真想跪倒在地。

但是紧接着,她就会想起,她还有一个计划。

---

①这句话出自一首古老的英语童谣,全文如下:稀奇,稀奇,真稀奇,小猫拉着小提琴。母牛跳到了月亮上,小狗看到了哈哈笑,碟子带着汤勺跑了。

二 计 划

"起来。"艾达·尼对那个穿粉色裙子的女孩说。

"她晕倒了。"棒操课上的另一个女孩说。她叫贝弗莉·泰普因斯基,据说她爸爸是警察。

瑞米之所以知道这些,是因为刚开始上课那会儿,贝弗莉就自报了家门。她双眼直视前方,目中无人地说道:"我叫贝弗莉·泰普因斯基,我爸是警察,我可不是好惹的。"

说真的,瑞米可没打算惹她。

"我见过很多晕倒的人。"贝弗莉说,"没办法,作为警察的女儿,见到这些总是难免的。我见多识广,身经百战。"

"闭嘴,泰普因斯基。"艾达·尼说。

烈日当空。

一点儿也没有移动。

好像有人把太阳钉在那儿就扬长而去了。

"对不起。"瑞米低声说,"我背叛了你。"

贝弗莉跪下去,用手捧起那个女孩的脸。

"你在干吗?"艾达·尼说。

她们头顶上的松树前后摇摆着。不远处的克拉拉湖波光粼粼。这个湖的名字取自克拉拉·文迪普,一百年前,她在这里投湖自尽了。

它好像饿了。

也许它在等待着另一个克拉拉·文迪普吧。

瑞米略感失望。

现在不是该晕倒的时候。她得学会跳棒操,而且她的时间不多了。如果她会跳棒操,那她就很有可能赢得中佛罗里达轮胎之星选美比赛的桂冠。

如果她拿到选美比赛的冠军,爸爸就会在报纸上看到她的照片,然后他就会回家了。

这就是瑞米的计划。

三　瑞米的想象

在瑞米的想象中，不管爸爸跑到哪里，他都应当坐在某家餐馆里，和牙医李·安·迪克森在一起。他们坐在包间里，爸爸一边吸烟一边喝着咖啡，李·安则在做一些愚蠢的不合时宜的事情，比如涂指甲油（绝不该在公众场合做这种事）。然后，爸爸掐灭香烟，翻开报纸，清了清嗓子，说道："我们来看看有什么新闻。"然后他就看见了瑞米的照片。

他看见女儿头戴一顶皇冠，怀里捧着一束鲜花，身上披着的绶带上写着：1975 年中佛罗里达轮胎之星。

然后，瑞米的爸爸，克拉克家庭保险公司的老板吉姆·克拉克，对李·安郑重地说道："我得马上回家。一切都变了。我女儿现在出名了。她是中佛罗里达轮胎之星了。"

李·安不再涂她的指甲油。她惊讶地长吁一声（也许同时还伴随着羡慕和崇拜）。

这就是瑞米的想象。

可能……也许……希望会是这样吧。

但首先她得学会跳棒操。

她要按西尔维斯特太太说的办。

四　西尔维斯特太太

西尔维斯特太太是克拉克家庭保险公司的秘书。

她的声音很尖,说起话来就像一只卡通小鸟,这让她的每一句话都显得特别可笑,但却很有道理——两者相辅相成。

瑞米告诉西尔维斯特太太她要去参加选美比赛的时候,西尔维斯特太太鼓着掌说道:"真是太好了!来吃点玉米糖吧。"

西尔维斯特太太常年准备着一大罐玉米糖,就放在她的桌子上,因为她喜欢请别人吃东西。

她也喜欢喂天鹅。每天午休的时候,她都会拿上一袋食物,去医院旁边的那个小湖边喂天鹅。

西尔维斯特太太个子很矮,天鹅却很高,而且脖子很长。每当她围着头巾,手里抱着一大袋食物,站在天鹅中间时,她看起来就像是从童话故事里走出来的人物。

瑞米不太确定是哪个童话。

也许她只是还没听过那个故事而已。

瑞米曾经问过西尔维斯特太太,她对吉姆·克拉克和牙医私奔的事有何看法。西尔维斯特太太回答:"亲爱的,车到山前必有路。"

真的会车到山前必有路吗?

瑞米并不确定。

这句话被西尔维斯特太太用她的小鸟嗓子说出来,显得很可笑,但真的很有道理。

"如果你要去参加选美比赛的话,"西尔维斯特太太说,"你必须得学会跳棒操。教练的最佳人选无疑是艾达·尼,她是世界冠军。"

五　第一堂棒操课

于是,瑞米来到了艾达·尼家后院的松树下,跟她学习跳棒操。

这也许就是她应该做的事情吧。

但是,那个穿粉色裙子的女孩晕倒后,棒操课就中断了。

艾达·尼说:"简直太可笑了。从来没有人会在我的课上晕倒。我才不相信呢。"

晕倒这种事,可不是由你是否相信来决定的,但艾达·尼是棒操世界冠军,也许她知道自己说的是什么吧。

"一派胡言。"艾达·尼说,"我可没时间跟你们废话。"

话音落下,只剩一阵沉默。接着,贝弗莉·泰普因斯基扇了那个穿粉色裙子的女孩一个耳光。

她又连续扇了好几个耳光。

"你干什么?"艾达·尼问。

"对晕倒的人就得这样。"贝弗莉说,"抽他们耳光。"她又扇了一巴掌。"醒醒!"她喊道。

那个女孩睁开了眼睛。"哦,"她说,"救济站的人来了吗?玛莎·简来了吗?"

"我不认识玛莎·简。"贝弗莉说,"你晕倒了。"

"是吗?"她眨了眨眼睛,"我有'沼肺'①。"

"这课我不上了。"艾达·尼说,"我可不想把时间浪费在磨叽鬼、装病的小骗子,或者晕倒的人身上。"

"很好。"贝弗莉说,"反正也没人想学棒操。"

这不是真的。

瑞米想学。

瑞米需要学棒操。

但是,在这时反对贝弗莉可不是什么好主意。

艾达·尼迈着大步离开了她们,向湖边走去。她那两条

---

①沼肺,是女孩自己杜撰的一种疾病的名字。

穿着白色长靴的腿抬得非常高。仅仅靠这趾高气扬的样子就能看出她曾是世界冠军。

"坐起来。"贝弗莉对那个晕倒的女孩说。

她坐了起来,好奇地看了看四周,仿佛不知道自己为什么会在这里一样。她眨了眨眼睛,然后扶着头说:"我的头就像羽毛一样轻。"

"废话。"贝弗莉说,"要不你怎么会晕倒?"

"我好害怕,我可能没法儿成为一名很好的'飞象'了。"那个女孩说。

一阵长久的沉默。

"什么象?"瑞米终于打破了沉默。

那个女孩眨眨眼。在阳光的照耀下,她的金发闪耀着白色的光芒。"我姓埃莱凡特[1]。我叫路易斯安娜·埃莱凡特。我父母被称作'飞翔的埃莱凡特'。你们没听说过他们吗?"

"没有。"贝弗莉说,"没听说过。现在你可以试着站起来了。"

---

[1] 女孩的姓氏"埃莱凡特",在英文中与"大象"一词同音。

路易斯安娜用手按住胸口,深深吸了一口气。她已经开始气喘吁吁了。

贝弗莉瞪大双眼。"来!"说着,她伸出了手。那只手有点儿脏,手指上都是污迹,被啃过的指甲里都是泥。但是,即使很脏,这仍然是一只非常漂亮的手。

路易斯安娜握住了它,贝弗莉把她拉了起来。

"我的天哪!"路易斯安娜说,"我整个人就像被羽毛塞满了,心里既后悔又恐惧。我好害怕。"

她站在那儿,望着贝弗莉和瑞米。一双棕色的眼睛——不,是黑色的——深深地陷在眼窝里。她眨了眨眼。

"我想问你们一个问题。"她说,"你们这辈子有没有意识到,一切,所有的一切都得靠你自己?"

瑞米不假思索地说道:"有。"

"废话。"贝弗莉说。

"太可怕了,是不是?"路易斯安娜说。

三个女孩面面相觑。

瑞米感到有什么东西开始在她身体里膨胀起来,就像一个巨大的气球正在慢慢鼓起来一样。

瑞米知道,那是她的灵魂。

住在瑞米家对面的博尔科夫斯基太太已经非常非常老了,她曾经说过,大部分人都在浪费灵魂。

"怎么浪费的呢?"瑞米问。

"任由它们枯萎。"博尔科夫斯基太太说,"咻咻咻。"

那可能就是——瑞米不太确定——灵魂枯萎时发出的声音吧。

可现在瑞米站在艾达·尼家的后院里,站在路易斯安娜和贝弗莉身边,并没有灵魂枯萎的感觉。

相反,她觉得它正渐渐丰满起来——越来越大,越来越明亮,越来越坚定。

湖边的码头上,艾达·尼一个人旋转着指挥棒。指挥棒闪闪发光,明亮耀眼。她把它高高地抛向空中。

指挥棒好像一根针一样。

又好像一个秘密,细小却明亮,就那么孤零零地在蓝天中闪耀着光芒。

瑞米想起之前的那句话:对不起,我背叛了你。

她转过身,问路易斯安娜:"谁是阿琪?"

六 "飞翔的埃莱凡特"

"嗯,那我就从头说起吧,因为从头开始讲是最好的。"路易斯安娜说。

贝弗莉不屑地哼了一声。

"很久以前,"路易斯安娜说,"有一个遥远的地方——碰巧就在这儿附近——住着一只名叫阿琪·埃莱凡特的猫咪。它是猫咪国的国王,受到子民们的爱戴和敬仰。但是,好景不长——"

"好好说话!"贝弗莉说。

"好吧,既然如此,那我就直说了。我们背叛了它。"

"怎么回事?"瑞米问。

"我们养不起阿琪,就把它送到超有爱动物中心去了。"路易斯安娜说。

"超有爱动物中心是什么地方？"贝弗莉说，"我从来没听说过那个地方。"

"真不敢相信你居然没听说过超有爱动物中心。他们每天给阿琪吃三顿饭，还帮它挠耳朵根，它最喜欢挠那儿了。不过，我真不应该把它丢在那儿。这是背叛。我背叛了它。"

瑞米的心怦怦直跳。背叛。

"不过别担心。"路易斯安娜说。她用手按住胸口，深深吸了一口气，然后开心地笑道："我已经报名参加1975年中佛罗里达轮胎之星选美大赛了，我一定能赢得1975美元的大奖，那样我就能逃离救济站的魔爪了，也可以把阿琪从超有爱动物中心接回来，然后我就再也不会害怕了。"

瑞米的灵魂停止了膨胀。

"你要参加中佛罗里达轮胎之星选美比赛？"她问。

"是的。"路易斯安娜说，"我觉得我取胜的概率非常大，因为我来自演艺世家。"

瑞米的灵魂开始缩小，慢慢聚拢起来，仿佛变成了某种像鹅卵石一样坚硬的东西。

"我刚才说过,我爸妈被称作'飞翔的埃莱凡特'。"路易斯安娜弯腰捡起她的指挥棒,"他们很有名。"

贝弗莉朝瑞米翻了个白眼。

"是真的。我父母经常参加全球巡演。"路易斯安娜说,"他们的旅行箱上印着他们的名字。"路易斯安娜举起指挥棒,挥舞起来,仿佛在空中写下了金色的字。"所有的旅行箱上都镌刻着他们的名字,其中'f'和'y'[①]这两个字母都有很长的尾巴。这是我最喜欢的。"她说。

"我也报名参加那个比赛了。"瑞米说。

"什么比赛?"路易斯安娜眨着眼睛问。

"中佛罗里达轮胎之星选美比赛。"瑞米说。

"我的天哪!"路易斯安娜再次眨了眨眼睛。

"我要把选美比赛搞砸。"贝弗莉说。她看了看瑞米,又看了看路易斯安娜,然后把手伸进短裤口袋里,拿出了一把折叠刀。刀打开了,看起来非常锋利。

尽管阳光依然明媚,但刹那间,世界仿佛黯淡了几分。

老博尔科夫斯基太太总是说,太阳是靠不住的。

[①]路易斯安娜父母的旅行箱上刻着英文"The Flying Elefantes",意为"飞翔的埃莱凡特"。

"太阳是什么？"博尔科夫斯基太太说,"我告诉你,太阳什么也不是,只不过是一颗垂死的星星而已。总有一天,它会灭掉的。咻咻咻。"

博尔科夫斯基太太经常用"咻咻咻"来描述很多事情。

"你要用那把刀做什么？"路易斯安娜问。

"我刚才说了。"贝弗莉说,"我要去选美比赛搞破坏,我要把一切都搞砸。"她挥舞起那把刀来。

"我的天哪！"路易斯安娜说。

"就是这样。"贝弗莉说着,微微一笑,然后收起刀,放回了口袋里。

七　隐形奶奶

她们一起向艾达·尼家门前的环形车道走去。

艾达·尼还在码头上来回地踱着步,一边转动指挥棒,一边自言自语。瑞米能听见她低沉而又愤怒的声音,但是听不清她到底在咕哝什么。

"我讨厌选美比赛。"贝弗莉说,"我讨厌蝴蝶结,讨厌缎带,讨厌指挥棒,讨厌一切。我讨厌闪闪发亮的东西。所有的选美比赛我妈都逼我去参加,我已经烦透了。所以我要去搞破坏。"

"可是有1975美元的奖金啊。"路易斯安娜说,"那可是一大笔钱,是无尽的宝藏啊!你知道1975美元可以买多少金枪鱼吗?"

"不知道。"贝弗莉说,"我不在乎。"

"金枪鱼富含蛋白质。"路易斯安娜说,"但救济站里只能吃到腊肠三明治。对于一个患有沼肺的人来说,吃太多腊肠可不好。"

一声巨响打断了她们的对话。一辆侧面镶有木板的旅行车正飞快地向环形车道驶来。驾驶座一侧的后排车门是坏的,正疯狂地甩来甩去。

"我奶奶来了。"路易斯安娜说。

"她在哪儿?"瑞米问。

车子看起来像是无人驾驶的,跟无头骑士一样,只不过把马换成了旅行车。

接着,瑞米看见方向盘上出现了两只手。旅行车飞速驶入车道,卷起一阵飞沙走石,一个声音喊道:"路易斯安娜,快上车!"

"我得走了。"路易斯安娜说。

"不用说也知道。"贝弗莉说。

"很高兴认识你。"瑞米说。

"快点!"旅行车内的声音喊道,"玛莎·简快要追上我们了!我很肯定,我感觉到她邪恶的灵魂了!"

"我的天哪!"路易斯安娜说着跳上后座,试图关上那扇坏掉的门。"要是玛莎·简来了,"她对瑞米和贝弗莉大喊道,"跟她说没看见我。别让她在记事板上写任何东西,告诉她你们不知道我的行踪。"

"我们本来就不知道你的行踪。"贝弗莉说。

"谁是玛莎·简?"瑞米问。

"别问了。"贝弗莉说,"别再给她一个编故事的机会了。"

旅行车向前飞驰而去,后排的门仍然晃荡着。然后,伴随着一声巨响,门终于关上了。车子一直在加速,直到超速行驶,伴随着发动机巨大的咆哮声,它最终完全从她们的视野里消失了。只剩下瑞米和贝弗莉一起站在由沙石、灰尘和尾气组成的云团里。

"咻咻咻。"博尔科夫斯基太太大概会这么说吧。

咻咻咻。

八　愤怒的贝弗莉

"那个女孩和她那几乎隐形的奶奶,"贝弗莉说,"感觉就是一伙犯罪分子。她们让我想起了邦妮和克莱德[①]。"

瑞米点点头,虽然路易斯安娜和她奶奶并没有让她联想到任何她见过或者听说过的人。

"你知道邦妮和克莱德是什么人吗?"贝弗莉问。

"银行劫匪?"瑞米说。

"是的。"贝弗莉说,"罪犯。我看她俩抢银行也没什么问题。还有,路易斯安那算是什么鬼名字?路易斯安那是地

[①]指 20 世纪 30 年代,美国经济大萧条时期的雌雄大盗邦妮·派克和克莱德·巴罗。

名,不是人名①。她肯定用的是假名字,可能正在逃命呢,所以才胆小得跟个兔子似的。我跟你说,害怕太浪费时间了。我什么都不怕。"

贝弗莉把她的指挥棒高高地抛入空中,然后非常专业地接住了它。

瑞米感到非常不可思议。

"你已经会跳棒操了?"她说。

"那又怎么样?"贝弗莉说。

"那你为什么还来上课?"

"这不关你的事。你为什么来上课呢?"

"因为我要拿到比赛冠军。"

"我已经跟你说过了,"贝弗莉说,"不会有什么比赛的。只要我能成功,就不会有什么比赛。我有很多手段。我正在看一本讲怎么撬保险柜的书,是一个叫 J. 弗莱德瑞克·墨菲的罪犯写的。你听说过这个人吗?"

瑞米摇摇头。

"我猜也是。"贝弗莉说,"这本书是我爸给我的。他熟

---

① 英文 Louisiana 可作路易斯安那州,也可作人名路易斯安娜。

知所有的犯罪行为。我正在自学撬保险柜。"

"你爸爸不是警察吗?"瑞米说。

"是的。"贝弗莉说,"他是警察。那又怎么样?我已经会撬锁了。你撬过锁吗?"

"没有。"瑞米说。

"我猜也是。"贝弗莉再次说道。

她把指挥棒抛入空中,然后轻而易举地完成了一个在别人看来难度极高的接棒动作。

看到这样的场景简直太可怕了。

忽然,一切似乎都变得毫无意义了。

瑞米挽回爸爸的计划其实都算不上真正的计划。她也不知道自己究竟在干什么。她只是一个孤独、迷惘、无依无靠的孩子。

对不起,我背叛了你。

咻咻咻。

搞破坏。

"你不怕被抓住吗?"瑞米问贝弗莉。

"我已经和你说过了,"贝弗莉说,"我什么都不怕。"

"真的吗?"瑞米问。

"真的！"贝弗莉双眼放光，紧紧盯住瑞米，仿佛自己刚刚说了一个天大的秘密。

"告诉我一个秘密。"贝弗莉轻声说。

"什么？"瑞米说。

贝弗莉移开目光，耸了耸肩，再次把指挥棒抛入空中，然后接住，一次又一次地重复着。当指挥棒在空中停留时，贝弗莉说："我叫你告诉我一个你的秘密。"

贝弗莉接住指挥棒，再次向瑞米看去。

谁知道为什么？

于是，瑞米告诉了她一个秘密。

她说："我爸爸跟一个牙医私奔了，半夜跑的。"

这其实算不上秘密，可这是多么残忍的事实啊，要说出这句话真的很伤人。

"人类总是做一些可悲的事情。"贝弗莉说，"手里提着鞋子，大半夜偷偷摸摸地溜出门，连句告别的话都没有说。"

瑞米并不知道爸爸是否如她所说，手里提着鞋子，大半夜偷偷摸摸地溜出门，可他确实没有和任何人说一句再见。仅凭这一点，她便感到一种说不出的痛苦。那是怎样的痛苦？愤怒、怀疑，还是遗憾？

"可真是把我气坏了。"贝弗莉说。

她挥起指挥棒，用带橡胶的那端狠狠地击打着沙砾地面。碎石四处飞溅，疯狂地躲避着暴躁的贝弗莉。

嘭嘭嘭。

瑞米在一边羡慕而又畏惧地看着暴怒的贝弗莉，她从来没见过谁这么生气。

灰尘四散飞扬。

一辆亮蓝色的车出现在远处的地平线上，然后驶入车道，慢慢停了下来。

贝弗莉像是完全没有看到一样。

她仍然击打着地面。

仿佛不把整个世界击为尘埃，她便不会罢手。

九　灵魂消失了

"别敲了！"驾驶座上的女人喊道。

贝弗莉并没有停下来，她依然嘭嘭地敲着。

"那根指挥棒可贵着呢！"那个女人对瑞米说，"快去阻止她。"

"我？"瑞米有点儿蒙。

"是啊，就是你。"那个女人说，"除了你，这儿还有别人吗？快去把她的指挥棒抢过来。"

那个女人涂着绿色的眼影，戴着夸张的假睫毛，脸颊上还抹了许多腮红。但是，忽略眼影、假睫毛和腮红的话，她本来的样貌让人觉得非常眼熟。她和贝弗莉长得很像，只不过年老一些，更暴躁一些（如果还有可能更暴躁的话）。

"什么都要我亲自出马吗?"那个女人说。

这种问题不会有答案的,大人们最喜欢明知故问了。

瑞米还没来得及回答,那个女人就已经下了车。她握住贝弗莉的指挥棒,和她拉扯起来。

更多灰尘四处飞扬。

"放手!"贝弗莉说。

"你放手!"那个女人说。她肯定是贝弗莉的妈妈,尽管她的所作所为有点儿不像一个妈妈。

"都别闹了!"

这个命令出自艾达·尼之口。她不知从哪儿冒了出来,现在竟然已经站在了她们面前。她的白色靴子闪闪发亮,手中的指挥棒就像一柄剑似的,直直地指向前方。她看起来就像故事书里的复仇天使。

贝弗莉和她的妈妈停止了争斗。

"怎么回事,朗达?"艾达·尼问。

"没事。"贝弗莉的妈妈说。

"你就不能管好你女儿吗?"艾达·尼又问。

"是她先动手的。"贝弗莉说。

"你们俩都给我出去。"艾达·尼用指挥棒指着车子说,

"你们要是不懂得什么叫举止得当,就不要再来了。你真该感到羞耻,朗达,亏你还是棒操冠军呢。"

贝弗莉钻进后排座,她妈妈坐上驾驶座,然后两人同时狠狠地关上了门。

"明天见。"车子开动时,瑞米说。

"哈!"贝弗莉说,"你再也见不到我了。"

不知为什么,听到这句话的感觉就像肚子被人狠狠地揍了一拳,又像有人提着鞋,大半夜偷偷摸摸地溜出了门——连一句再见都没有说。

瑞米转身向艾达·尼看去。只见她摇着头,迈着大步,和瑞米擦肩而过,径直走进她的棒操办公室(实际上那只是个车库而已),然后关上了门。

瑞米的灵魂不再像帐篷那么大了,甚至连鹅卵石都不如了。

她的灵魂,好像已经完全消失了。

很久之后,或者只是她以为过了很久,瑞米的妈妈终于来了。

"课上得怎么样?"瑞米上车后,她问。

"一言难尽。"瑞米说。

"这个世界本身就很复杂。"妈妈说,"我都不明白你为什么想要学跳棒操。去年暑假,你学的是水下救生。而今年,你又要学棒操。"

瑞米望着放在腿上的指挥棒说:"我有一个计划,棒操是这个计划的一部分。"她闭上眼,想象着在包间里吃饭的爸爸,坐在他对面的是李·安·迪克森。

爸爸翻开报纸,发现她当上了中佛罗里达轮胎之星,难道不会很惊喜吗?难道他不想马上回家吗?难道李·安·迪克森不会又惊讶又嫉妒吗?

"你爸到底看上那个女人哪一点?"瑞米的妈妈说,好像她知道瑞米在想什么似的,"他到底看上她什么了?"

瑞米不明白大人为什么总问那些无法回答的问题。

她想起了史戴夫先生,去年暑假她的游泳救生课教练。他可不是那种喜欢问这种怪问题的人。

史戴夫先生只问过一个问题:你想要成为制造麻烦的人还是解决麻烦的人?

答案显而易见。

你要成为那个解决麻烦的人。

十　解决麻烦的人

史戴夫先生的脚趾上长满了毛,他的背上也全是毛,脖子上总是挂着一只银色的哨子,仿佛从没有拿下来过。

史戴夫先生对于拯救溺水者充满激情。

"先救人再说,同学们!"史戴夫先生对救生课上的一百零一名同学说,"这个世界是由水构成的,溺水时有发生,我们必须互相帮助。让我们一起成为解决麻烦的人吧!"

然后史戴夫先生吹响哨子,把埃德加扔进水里,救生课便正式开始了。

埃德加是个假人,它有五英尺高,身穿格子衬衫、牛仔裤。它的眼睛是用纽扣做的,微笑的嘴巴是用红色的记号笔画上去的。它的身体里填充着永远湿漉漉的棉花,手脚和肚子里还塞有几块石头,这样它就能沉入水底了。它身上有一股发霉的味道——一种有点儿甜,又有点儿忧伤的气味。

制作埃德加的人就是史戴夫先生。瑞米觉得埃德加就是为了溺水而生的。

以这样的理由来到这个世界上仿佛有些奇怪——溺水,获救,再溺水。

而且整个过程中,埃德加都注定要保持微笑,这一点也很奇怪。

如果埃德加是瑞米做的,她可能会画一个疑惑的表情。

不管怎样,史戴夫先生和埃德加已经走了。去年暑假结束时,他们就搬到北卡罗来纳州去了。

他们走的那天,瑞米在泰格百超市的停车场里遇见了他们。史戴夫先生把所有的家当都塞进了旅行车里,有些塞不下的东西还被绑在了车顶上。埃德加坐在后座上,两眼直视前方。当然,它依旧微笑着。史戴夫先生正准备上车。

瑞米喊道:"史戴夫先生,再见!"

"瑞米!"他回过头来,"瑞米·克拉克。"他关上车门,向她走过来,然后把手放在她的头上。

那天很热,海鸥一边尖叫,一边四处飞旋。那只放在她头顶的手,让人感到那么重,又那么轻。

史戴夫先生穿着一条休闲裤,脚蹬人字拖。瑞米可以看见他脚趾上的毛。他脖子上的哨子在阳光下闪烁着,反射出一个小小的光圈,仿佛他体内的某种东西正在熊熊燃烧。

被丢在一旁的超市购物车也在阳光下闪烁着,仿佛被施了魔法一样美丽。海鸥鸣叫着,一切都在闪闪发光。瑞米觉得美好的事情就要发生了。

可什么也没有发生。似乎过了好一会儿,史戴夫先生才放下手,继而紧紧抓住她的肩膀,说道:"再见,瑞米。"

仅此而已。

"再见,瑞米。"

为什么这句话如此重要?

瑞米也不知道。

十一 报 名 表

奇怪的棒操课结束后,瑞米回到家中,关上门,待在自己的房间里,开始填写中佛罗里达轮胎之星的报名表。这份报名表共有两页,显然就是中佛罗里达轮胎公司的老板皮特先生自己印的。

这位老板的打字水平可不怎么好,报名表里到处都是错误,这让整个计划(参加比赛,取得胜利,以期待爸爸能够回心转意)看起来都很不靠谱儿。

第一个问题的每一个字母都是大写的:你希望成为1975年中佛罗里达轮胎之星吗?

但是没有写答案的地方。不过,这也算是一道题,瑞米觉得最好还是回答一下,因为报名表上说:所有问题豆必须回答。①

瑞米紧跟着问号写了一个挤在一起的"是的",同样用的全都是大写字母。本来她还想加个感叹号的,可想想还是算了。

然后她填上了自己的名字:瑞米·克拉克。

地址:佛罗里达州李斯特市波顿大街1213号。

年龄:十岁。

不知道路易斯安娜、贝弗莉是否和自己一样,也在房间里填报名表呢?如果要搞破坏的话,还需要填报名表吗?

瑞米闭上眼,看见路易斯安娜用指挥棒在空中写下"飞翔的埃莱凡特"几个字。瑞米怎么可能竞争得过一个出身于演艺世家的人呢?

瑞米睁开眼,向窗外看去。博尔科夫斯基太太正坐在街心的一张躺椅上。她正仰头望着太阳,鞋子上没有鞋带。

瑞米的妈妈说博尔科夫斯基太太是个疯子。

瑞米不知道是不是真的。可对她来说,博尔科夫斯基太太知识渊博,许多事情她都懂,其中有一些她会告诉你,

---

①报名表通篇都有错误,此处的"豆"是错别字,应为"都"。

而另一些则用"咻咻咻"一带而过,无论瑞米再怎么追问她都一概不理。

也许博尔科夫斯基太太知道埃莱凡特一家吧。

瑞米再次把目光投向报名表。报名表上写道:请列举你做过的所有好事,有必要的话可以单独附一张纸。

好事?什么好事?

瑞米的五脏六腑都开始纠结。她站起来,离开房间,打开家门,径直朝街心走去,来到了博尔科夫斯基太太面前。

"什么事?"博尔科夫斯基太太闭着眼睛问。

"我在填一个申请表。"瑞米说。

"嗯,然后呢?"

"我需要做些好事。"瑞米说。

"有一次,"博尔科夫斯基太太闭着眼,咂了咂嘴,"有一次,发生了一件事。"

显然,博尔科夫斯基太太准备讲故事了。瑞米在她旁边的地上坐了下来。地面很暖和。她的目光落在博尔科夫斯基太太那双没有鞋带的鞋子上。

博尔科夫斯基太太从来不系鞋带。

她太老了,自己没法儿够到鞋子。

"有一次,发生了一件事。"博尔科夫斯基太太接着说,"我乘船出海,看见一只鸟。那是一只巨大的海鸟,它把一个女人怀里的婴儿抢走了。"

"这是个做好事的故事吗?"瑞米问。

"太可怕了,那个女人疯狂地哭喊着。"

"最后她还是把孩子找回来了,对吗?"

"打败一只巨大的海鸟?不可能。"博尔科夫斯基太太说,"那些巨大的海鸟绝不会把到手的东西拱手让出的。而且,它们还偷纽扣和发卡。"博尔科夫斯基太太低下头,睁开眼,看着瑞米。她眨了眨眼,眼神充满了悲伤,眼睛噙满了泪水:"海鸟的翅膀非常大,就像是天使派来的。"

"所以海鸟其实是天使,对吗?它是不是做了好事,救了那个孩子?"

"咻咻咻。"她挥舞着手臂说,"谁知道呢?我只是把我亲眼所见的事情告诉你,你可以按照自己的意愿去理解。明天你过来帮我剪一下脚指甲吧,我请你吃奶油蛋白软糖①,好吗?"

---

① 由蛋白、玉米糖浆和砂糖制成的一种软糖。

"好的。"瑞米说。

给博尔科夫斯基太太剪指甲算做好事吗？也许不算吧。每次剪指甲,博尔科夫斯基太太都请她吃糖,如果得到了报酬,就不算是做好事了吧。

博尔科夫斯基太太闭上眼,再次仰起头来。过了一会儿,她开始打鼾了。

瑞米爬起来,回到家,走进了厨房。

她拿起电话,拨了爸爸办公室的号码。

"克拉克家庭保险公司,"西尔维斯特太太用她那卡通鸟儿的声音说道,"有什么可以为您效劳的吗？"

瑞米什么也没说。

西尔维斯特太太清了清嗓子。"克拉克家庭保险公司,"她再次说道,"有什么可以为您效劳的吗？"

听到西尔维斯特太太第二次问"有什么可以为您效劳的吗",瑞米觉得很安心,甚至觉得一天听上百遍都不厌倦。这是一个多么友好的问题啊,充满着正能量。

"西尔维斯特太太？"她说。

"是的,亲爱的。"西尔维斯特太太说。

瑞米闭上眼,想象着西尔维斯特太太桌子上的那一大罐玉米糖。有时候,夕阳会直射在罐子上,仿佛点亮了一盏灯。

瑞米好奇那里是否正在上演着这一幕。

西尔维斯特太太的桌后便是爸爸的办公室。那扇门应该关着,办公室里应该空无一人。没有人坐在桌子的后面,因为爸爸已经走了。

瑞米试图拼凑出他的脸庞,试图想象出他坐在办公桌后的样子。

可她做不到。

她感到一阵恐慌。爸爸才走了两天,她竟然已经不记得他的脸了。她必须把他找回来!

这时,她终于想起来为什么打这个电话了。

"西尔维斯特太太,"她说,"我需要做好事才能参加比赛。"

"噢,亲爱的。"西尔维斯特太太说,"这没什么难的。你直接去金色峡谷,读书给那里的老人听就行了。上了年纪的人都喜欢听别人读书。"

上了年纪的人都喜欢听别人读书吗?瑞米并不确定。博尔科夫斯基太太很老,可她想要的只有剪脚指甲而已。

"你的第一堂棒操课上得怎么样?"西尔维斯特太太问。

"很有意思。"瑞米说。

路易斯安娜跪倒在地的画面瞬间闪过她的脑海,接下来是贝弗莉和她妈妈在飞扬的尘土中争夺指挥棒的画面。

"学新东西是不是感到很激动啊?"西尔维斯特太太问。

"是的。"瑞米说。

"你妈妈现在怎么样,亲爱的?"西尔维斯特太太问。

"她现在坐在阳光房的沙发上。她经常坐在那儿,差不多整天都坐在那儿,别的事基本都不干了,只是在那儿坐着。"

"唉!"西尔维斯特太太停顿了好久之后说,"会好起来的,别担心。我们都会尽力而为的。"

"嗯。"瑞米说。

路易斯安娜的话飘过她的脑海:"我太害怕了,没法儿坚持了!"

瑞米并没有大声地说出来,可她却感同身受。西尔维斯特太太——善良的、有着小鸟声音的西尔维斯特太太——一定也有同样的感受,因为她说:"选一本合适的书去读给那些老人听吧,亲爱的,去金色峡谷就可以。他们会非常欢迎你的。你也尽力而为,好吗?一切都会好起来的。车到山前必有路,船到桥头自然直。"

十二　合适的书

直到挂断电话,瑞米才发现自己并不知道西尔维斯特太太所说的"合适的书"指的是什么。

她来到客厅,踏上黄色的长毛地毯,注视着书柜。所有的书都很沉闷、严肃。这些书都是爸爸的。万一他回到家发现丢了一本怎么办?最好还是别拿这些书了。

瑞米回到自己的房间。她床头的书架上堆着石头、贝壳、毛绒玩具和几本书。《借东西的小人》[①]?不,不行。没有哪个正常的大人会相信地板下面有个小人国的。《小熊帕

[①]《借东西的小人》是英国女作家玛丽·诺顿的代表作,2010年被改编成动画电影。

丁顿①》?可它又太阳光、太傻了,和疗养院庄严的氛围不匹配。《森林里的小木屋》②?老人们可能亲身经历过那样的日子,不会想要再去听这样的故事了吧。

这时,《走在光辉大道上:弗洛伦斯·南丁格尔③的一生》映入瑞米的眼帘。这本书是奥普辛先生在放假前给她的。奥普辛先生是学校的图书管理员。他又瘦又高,必须得低下头才能通过乔治·梅森·威拉米特小学图书馆的大门。

奥普辛先生长得很年轻,看起来不像是一个靠谱儿的图书管理员。

而且,他的领带都很宽,上面印着一些奇怪、孤僻的图案,比如空无一人的海滩、幽暗恐怖的森林,或者不明飞行物之类的东西。

有时候,他一拿起书来,手就会紧张地颤抖,或者也有

---

①小熊帕丁顿是英国儿童文学中一个非常著名的经典形象,由英国著名儿童文学作家迈克尔·邦德创造。

②《森林里的小木屋》是美国作家罗兰·英格斯·怀德创作的小木屋系列作品的第一部。在这本书里,罗兰以小女孩天真无邪的眼睛观察生活中的点点滴滴,描绘了一种宁静满足的生活。

③弗洛伦斯·南丁格尔,世界上第一位真正的女护士,是护理事业的创始人和现代护理教育的奠基人,被称为"提灯的天使"。

可能是因为兴奋吧。

总之,放假前一天,奥普辛先生对瑞米说:"你很喜欢读书,瑞米·克拉克,所以我在想,你可能会对不同领域的书都感兴趣。我这儿有一本纪实文学,你可能会喜欢的。"

"好的。"瑞米说。其实她一点儿兴趣都没有,她喜欢故事书。

奥普辛先生拿起了《走在光辉大道上:弗洛伦斯·南丁格尔的一生》。书的封面画的像是一片战场,走在中间的一位女士将一盏灯举过头顶,趴在地上的众多士兵纷纷向她伸出手,像是在渴求着什么。

并没有什么光辉大道。

看起来像是一本极其压抑、可怕的书。

"也许,"奥普辛先生说,"暑假里你可以看一看这本书,开学后我们可以一起探讨一下。"

"好的。"瑞米说。不过她这么答应只是因为她喜欢奥普辛先生,他很高很孤单,但总是给人以希望。

她把那本介绍弗洛伦斯·南丁格尔的书带回家,放在了书架上。几天后,爸爸就和李·安·迪克森私奔了,于是瑞米便把奥普辛先生的一切,连同他那些奇怪的领带、他的纪实文学图书全都抛到脑后了。

不过,也许金色峡谷疗养院里会有人想听一听这个关于弗洛伦斯·南丁格尔和她的光辉大道的故事。也许这就是西尔维斯特太太所说的"合适的书"。

也许车到山前必有路吧。

十三　金色峡谷疗养院

金色峡谷疗养院距离瑞米家仅有几个街区。瑞米本可以骑车过去的,但她决定走过去,这样才有时间来活动一下脚趾,锁定目标。

每一堂救生课上,史戴夫先生都会让所有同学站在池边,先活动一下脚趾,然后锁定目标。史戴夫先生相信,活动脚趾可以清除杂念,当你心无杂念时,锁定目标、确定方案就变得很容易了。他们的目标便是:拯救落水者。

"那我的目标是什么呢?"瑞米嘀咕着停了下来,活动了一下网球鞋里的脚趾,"我的目标是做好事,然后成为中佛罗里达轮胎之星,这样爸爸就会回来了。"

她的五脏六腑再一次纠结到了一起。万一冠军是路易斯安娜呢？万一贝弗莉成功破坏了比赛呢？万一无论瑞米做什么，爸爸都不会再回来了呢？一只巨大的海鸟张牙舞爪地从瑞米脑海中飞过。

"不不不……"她嘀咕道。她又活动了一下脚趾，清除了杂念，锁定好目标。"做好事，"她心想，"成为中佛罗里达轮胎之星。做好事，做好事……"

瑞米一边活动脚趾一边向前走，终于来到了金色峡谷，却发现大门紧闭着。

告示上写道："门已上锁。请按门铃。"然后画了一个箭头，指向一个按钮。

瑞米按下按钮，听到从门内极其幽深的地方传来了一阵铃声。她一边活动脚趾，一边不安地等待着。

对讲机噼里啪啦地响了起来："幸福美满尽在金色峡谷，我是玛莎，有什么可以帮你的吗？"

"你好。"瑞米说。

"你好。"那个叫玛莎的女人说。

"嗯……"瑞米说，"我是来做好事的。"

"那不是太好了吗？"玛莎说。

瑞米不太确定这是个反问句还是个疑问句，所以什么都没有回答。一阵沉默过后,瑞米说:"我带来了一本讲弗洛伦斯·南丁格尔的书。"

"那位护士吗?"玛莎说。

"嗯。"瑞米说,"她有一盏灯。这本书的名字叫《走在光辉大道上:弗洛伦斯·南丁格尔的一生》。"

"太棒了。"玛莎说。

又是一阵沉默,只有对讲机在发出孤独的噼啪声。

瑞米深深吸了一口气,说道:"我能进来读给某位老人听吗?"

"当然。"玛莎说,"我帮你开门。"

随着一声长长的巨响,门闩打开了。瑞米上前转动门把手,走进了金色峡谷。里面有一股像是地板蜡、腐烂的水果沙拉和别的什么东西混合在一起的气味,瑞米不愿再多想。

大厅最远处的柜台后,站着一个肩披蓝色毛衣的女人。她笑着对瑞米说:"你好,我是玛莎。"

"我是来给老人读书的。"瑞米拿起书。

"当然,当然。"玛莎说着便走了出来,"跟我来吧。"

她拉起瑞米的手,带她走上一段楼梯,进入一个房间。

这个房间的地板特别光亮,亮得都不像地板,简直就像湖面一样闪闪发光。

瑞米的心扑通扑通地跳着。

那种预感又来了,终于来了。她经常会有这种预感,这种真相就要大白的预感。那天在泰格百超市的停车场里,史戴夫先生对她说再见时,她有过这种预感;今天早些时候,她和贝弗莉、路易斯安娜一起站在艾达·尼家的后院里时,也有过这种预感;有时候,她坐在博尔科夫斯基太太脚边时,也会有这种预感。

可目前为止,这种预感还没有实现过。

真相并不会那么轻易显现。

可也许这一次会有所不同。

房间渐渐开阔,而地板也更加明亮。瑞米想起关于撬保险箱、搞破坏和"飞翔的埃莱凡特"的事,想起爸爸和李·安·迪克森共进晚餐,想起溺水的假人埃德加和拥有天使翅膀的巨大海鸟,想起了那些她不懂但想要弄懂的事情。

这时,太阳躲进了云层里,湖面消失了。玛莎说:"我们去看看伊莎贝拉吧。"一切都结束了。预感消失了,这次,瑞米也并未得知任何有用的信息。

有一位老太太坐在窗边的轮椅上,玛莎领着瑞米走了过去。

"伊莎贝拉的视力没有以前好了,"玛莎说,"所以没办法像过去那样看书了。"

"我可以看书。"伊莎贝拉说。

"伊莎贝拉,别骗自己了。"玛莎说,"你简直跟蝙蝠一样。"

伊莎贝拉握紧拳头,击打着轮椅扶手。砰,砰,砰。"别烦我,玛莎!"她说。她个子很小,有一双深邃的蓝眼睛。有人帮她把满头银发编成辫子,然后在头顶盘了一个复杂的皇冠形,让她看起来就像神仙教母一样。

玛莎转向瑞米:"你叫什么名字,孩子?"

从来没有人叫过瑞米"孩子"。她知道自己还是个孩子,可被这样直接称呼却感觉很别扭。

"我叫瑞米。"她说。

"伊莎贝拉,"玛莎说,"这是瑞米。"

"那又怎么样?"伊莎贝拉说。

"她很愿意读一本关于弗洛伦斯·南丁格尔的书给你听。"

"别开玩笑了。"伊莎贝拉说。

"伊莎贝拉,"玛莎说,"拜托。这个孩子只是想做点好事。"

伊莎贝拉抬起头看向瑞米。她的眼睛很明亮,目光就像一道 X 射线。

瑞米觉得伊莎贝拉已经看透了她的内心。

她连忙把灵魂尽量缩小,然后把它藏在角落里,以免被看穿。

"做好事?"伊莎贝拉问,"为什么想做好事?你有什么目的?"

目的?和目标是一回事吗?

瑞米活动了一下脚趾。

"嗯……我只是想做好事。"她说。

伊莎贝拉和瑞米彼此对视。瑞米只好把灵魂缩得更小,小到只有一个句号那么大,小到没人能找到它了。

"好吧。"仿佛过了很久,伊莎贝拉才说,"谁在乎呢?读吧,弗洛伦斯·南丁格尔。"

"这不就好了吗?"玛莎对瑞米说,"伊莎贝拉愿意听听弗洛伦斯·南丁格尔的故事。"

十四　握住我的手

"我对弗洛伦斯·南丁格尔一点儿兴趣都没有。"瑞米推着伊莎贝拉走过长廊时,伊莎贝拉说,"我对做好事的人没有兴趣。这个世界上我最不感兴趣的就是这些人。而弗洛伦斯·南丁格尔算是其中很知名的了。"

"好吧。"瑞米无话可说,光是推轮椅就已经让她上气不接下气了。伊莎贝拉比看上去重多了。

"快点。"伊莎贝拉说。

"什么?"瑞米说。

"走快一点儿。"伊莎贝拉说。

于是瑞米使劲地推着轮椅,她的上唇周围已经汗珠密布,手好酸,腿也好酸。

"握住我的手!"身后一间房门紧闭的屋里传来可怕的呼喊。

"那是什么?"瑞米停了下来。

"你干什么呢?"伊莎贝拉说,"干吗停下?"

"握住我的手!"那个声音再次厉声尖叫道。瑞米的心一下就跳到了嗓子眼儿,然后又慢慢地沉入胸腔。

"那是谁?"瑞米问。

"爱丽丝·奈勃利。"伊莎贝拉说,"别理她。她只会说这一句话,整天从早说到晚。谁受得了这么歇斯底里的人?"

对于瑞米来说,这个声音和爱丽丝这样的名字一点儿都对不上号,它听起来反而像一个躲在桥下的巨魔,期盼着比利羊从桥上走过[①]。

瑞米的心怦怦狂跳,感觉好像从胸腔滑进了肚子里,而且将永远待在那儿了。要是她像贝弗莉·泰普因斯基一样什么也不怕就好了。

瑞米深深吸了一口气,再次推动轮椅向前走去。

"这就对了。"伊莎贝拉说,"向前走,永远别停下。"

[①]出自英国著名幻想小说家特里·普拉切特"碟形世界"系列作品中的故事《巨魔桥》。

十五　一封抱怨信

伊莎贝拉的房间里只有一张单人床、一把摇椅和一个摆着闹钟的床头柜。摇椅上铺着一条毯子,墙壁被刷成了白色,只有闹钟在嘀嗒嘀嗒地走着。

"我能坐下吗?"瑞米问。

"随便。"伊莎贝拉说。

瑞米便坐在了摇椅上,但脊背却挺得很直。现在可不是摇来摇去的好时机。"我现在就开始读吗?"她拿起书,问道。

"别。"伊莎贝拉说,"别读,我不想听。"

"好吧。"瑞米说。她活动了一下脚趾,试图重新锁定目标。可就算绞尽脑汁,她也想不出接下来该干什么。那么她该走了吗?

"握住我的手!"爱丽丝·奈勃利喊道。

这次的声音并没有刚才在走廊里听到的那么大,可还是吓了瑞米一跳。

"真是个鬼地方。"伊莎贝拉说。

这时,远处传来了音乐声。有人在弹钢琴,琴声悠扬而又悲伤。不知道为什么,这让瑞米想起了埃莱凡特一家(尽管自己并不认识他们)和他们的旅行箱。

"真是忍无可忍。"伊莎贝拉双手抱头说道。

"我该走了吗?"瑞米问。

伊莎贝拉抬起头,眯着眼睛问道:"你会写字吗?"

"写字?"瑞米说。

"字母,单词。用一张纸。"她攥紧拳头,击打在轮椅扶手上,"你能帮我写下来吗?这个鬼地方太讨厌了!"

"可以。"瑞米说。

"很好。"伊莎贝拉说,"床头柜最上面的抽屉里有笔和记事本。我说什么你就写什么,一个字也不能错。"

帮别人写信算不算做好事呢?应该算。瑞米站起来,找到笔和记事本,然后再次坐下。

"致管理员。"伊莎贝拉说。

瑞米看着她。

"写啊。"伊莎贝拉一边说,一边用拳头砸起轮椅扶手来,"写啊,快写啊!"

"握住我的手!"爱丽丝·奈勃利喊道。

瑞米低下头,写下"致管理员"。她的手在发抖。

"天天弹肖邦,听得都要吐了。"伊莎贝拉说。

瑞米抬起头。

"这个也要写下来。"伊莎贝拉说。

一阵沉默在房间里蔓延开来。

"我不知道'肖邦'怎么写。"瑞米终于说。

"你在学校都学些什么啊?这都不知道。"伊莎贝拉问。

这又是一个大人喜欢问但又无法回答的问题。她不置可否。

"他是个音乐家。"伊莎贝拉说,"一个郁郁而终的音乐家。肖邦这个名字很适合他。你先写大写字母 C,然后写小写字母 h[①]。"

[①]肖邦的英文为"Chopin"。

就这样,瑞米继续往下写,最后,她替伊莎贝拉写了一封抱怨信,信中详细地描述了金色峡谷的看门人如何使用公共休息室的钢琴演奏不适宜的音乐。伊莎贝拉觉得肖邦的音乐太凄惨了,看门人不应该继续演奏下去,因为这个世界已经够凄惨了,尤其是金色峡谷,更是惨不忍睹。

这封信很长。

瑞米写完后,推着伊莎贝拉走出房间,穿过走廊,回到了公共休息室。现在看来,这里的地板跟普通地板没有什么差别了,并不像湖面那般闪耀。房间里有一个木箱子,上面用银色的字母拼出"建议箱"这个词。

"把信投进去。"伊莎贝拉说。

"我吗?"瑞米说。

"不是你写的吗?当然你扔啊。"伊莎贝拉说。

于是瑞米把信投进了木箱里。

"好了。"伊莎贝拉说,"你想做好事的愿望已经达成了。"

可是,写一封抱怨音乐太凄惨的信并不太像做好事,反而像是在做坏事。

"送我回房间。"伊莎贝拉说,"我已经受够了。"

瑞米觉得自己也已经受够了。她推起轮椅,向伊莎贝拉的房间走去。

"握住我的手!"她们穿过走廊时,爱丽丝·奈勃利又喊道。

"你走的时候把门关上。"回到房间后,伊莎贝拉对瑞米说,"以后别再过来了。我对做好事的人没什么兴趣。不管怎样,做好事都没什么意义。什么也改变不了,什么都无关紧要。"

太阳试图从伊莎贝拉房间里那扇小小的窗户照射进来。瑞米站在走廊上,把那本书捧在胸口,好像书可以保护她似的。其实并不能,当然不能。她心知肚明。

一切都显得那么昏暗,让人难以忍受。

"阿琪,对不起,我背叛了你。"瑞米下意识地脱口而出。

"是啊,可怜的阿琪。你背叛了他。"伊莎贝拉说,"管他是谁呢。"

"它是一只猫。"瑞米说。

伊莎贝拉用她那深邃的蓝眼睛瞪着瑞米:"这就是你想做好事的原因吗?因为你背叛了一只猫?"

"不是的。"瑞米说,"是因为我爸爸走了。"

"然后呢?"

"我在努力把他找回来。"瑞米说。

"通过做好事吗?"伊莎贝拉说。

"是的。"瑞米说。也许是因为伊莎贝拉的目光像是X射线,也许是因为她没什么同情心,总之不知为何,瑞米把实情告诉了伊莎贝拉。"等我赢得比赛冠军,他就会在报纸上看见我的照片,然后就会回家了。"瑞米说。

"明白了。"伊莎贝拉说。

此时,阳光从窗户一角挤了进来,在地板上投射出一块光斑,十分耀眼。光斑璀璨夺目,就像是通往另一个宇宙的窗户。

"看啊!"瑞米指着光斑说。

"看见了。"伊莎贝拉说,"我看见了。"

十六　眼下的难题

"握住我的手！"瑞米穿过走廊时，爱丽丝·奈勃利再次喊道。

瑞米停了下来。她默默地听着，然后活动了一下脚趾，随后向着声音传来的地方走去。

她必须要做一件好事，同时，还得弥补一下刚才做的坏事。也就是说，她要鼓起勇气去做一件她能想到的最好的事，同时也是她最不想做的事。

她要走进爱丽丝的房间，问问她想不想听自己读书。

光是想想都让人觉得可怕。

瑞米低头看着脚尖，全神贯注地听着爱丽丝的声音，迫使自己一步一步地慢慢走过去。

循着声音,她来到323号房间门口,房间号下面贴有一张白色的卡片,上面用黑色的水笔写着"爱丽丝·奈勃利"。这个名字写得颤颤巍巍、犹犹豫豫,仿佛是爱丽丝本人写的。

瑞米活动了一下脚趾,然后敲了敲门。

没有人回答。瑞米深深吸了一口气,握住门把手,然后打开门走了进去。屋里很黑,瑞米仔细分辨,才发现床上躺着一个人。

"奈勃利太太?"瑞米轻声说。

没有人回答。

瑞米往前走了几步。

"奈勃利太太?"她提高声音说道。床上那个人的呼吸粗重刺耳,仿佛苟延残喘一般,瑞米全听在耳朵里。

"嗯……"瑞米说,"我是来做好事的。你想听我读《走在光辉大道上:弗洛伦斯·南丁格尔的一生》吗,奈勃利太太?"

"哎——哟!"爱丽丝尖叫道。

这是瑞米这辈子听到的最恐怖的声音了,声音里充满了痛苦和渴望。爱丽丝的尖叫声刺破了瑞米内心深处的某种东西。她感觉自己的灵魂扑哧一声化为虚无了。

"受不了了!"爱丽丝喊道,"给我!"被子下伸出一只手来。她想要抓住什么吗?她想要抓住她——瑞米·克拉克!

瑞米跳了起来,《走在光辉大道上:弗洛伦斯·南丁格尔的一生》从她手上滑脱,飞向空中,然后掉到了爱丽丝·奈勃利的床下。

瑞米尖叫起来。

爱丽丝也尖叫起来:"哎哟!受不了了,受不了了,我太疼了!握住我的手!"她的手还伸着,在被子外面摸索着,"求求你,求求你,握住我的手。"

瑞米转身就跑。

在金色峡谷门口的人行道上,瑞米伫立良久。她反复活动着脚趾,锁定着目标。

她得把书拿回来。这就是她现在最现实的目标。那是图书馆的书。如果她没有把书还回去,奥普辛先生会对她很失望的。如果她连读都没读过,那会让他更失望的。而且还会被罚款,逾期罚款!

万一她被罚款可怎么办?

可她绝不能回到爱丽丝的房间里去了。她甚至不确定自己是否有足够的勇气再次踏入金色峡谷的大门。

她想起了伊莎贝拉那放射着 X 射线的眼睛。

想起了爱丽丝的手。

想起了巨大的海鸟把婴儿从妈妈怀中夺走。

这时,她听见了贝弗莉的声音:"害怕太浪费时间了。我什么都不怕。"

贝弗莉。贝弗莉·泰普因斯基和她的折叠刀。

贝弗莉,她什么都不怕。

忽然,瑞米知道该怎么做了。

她应该去找贝弗莉,请求她帮自己拿回那本书。

十七　第二堂棒操课

找到贝弗莉·泰普因斯基真是容易得出奇。

第二天下午,瑞米去上棒操课时,贝弗莉正站在松树下,嚼着口香糖,目光直视前方。

"我以为你不来了呢。"瑞米说。

贝弗莉什么也没说。

"你能再来真是太好了。"

贝弗莉转过身看着她。她左眼下方的脸颊上有一块瘀青。

"你的脸怎么了?"瑞米问。

"没事。"贝弗莉嚼着口香糖,直视着瑞米说道。她的眼睛是蓝色的,和伊莎贝拉的那种蓝色不同,她的眼睛更蓝、更深邃,但同样极富穿透力。瑞米感觉她们都能看透自己的内心。

她一边盯着贝弗莉,一边开始重新找地方安放自己的灵魂,好让它别被发现。

这时,路易斯安娜来了。

她还穿着昨天那条粉色的裙子。不过今天她的头上多了六个发卡。发卡东一个西一个地别在她那蓬松的金发上。这些发卡都是用亮粉色塑料做的,上面印着一些长得很丑的小白兔。

"我今天不会晕倒了。"路易斯安娜说。

"那就好。"贝弗莉说,"是因为戴了兔子发卡吗?"

"这些是我的幸运兔。昨天我忘记戴了,所以才倒霉的。我再也不会把它们拿掉了。你的脸怎么了?"

"我的脸很正常。"贝弗莉说。

这时,艾达·尼迈着大步走过来了,她的白色靴子闪闪发亮,指挥棒耀眼夺目。她穿着一件布满亮片,如鱼鳞般闪烁的上衣。她的头发非常黄,整个人看起来就像是一条心情不佳的美人鱼。

"又来了。"贝弗莉说。

"立正!"艾达·尼喊道,"挺直身子!跳棒操的第一法则就是昂首挺胸,堂堂正正做人。"

瑞米试着挺直身子。

"肩膀往后,抬头,向前举起指挥棒!"艾达·尼说,"开始上课。"她举起指挥棒,然后又放了下来,看向贝弗莉。"泰普因斯基,"她说,"你是在嚼口香糖吗?"

"没有。"

艾达·尼向贝弗莉靠过去。在午后的阳光下,她的指挥棒明亮极了,晃得人睁不开眼。

接着,指挥棒打在了贝弗莉的头上,简直让人难以置信。

橡胶头很有弹性,于是棒子又反弹了回来。

路易斯安娜倒吸了一口凉气。

"别骗我。"艾达·尼说,"永远别想骗我。吐出来!"

"不。"贝弗莉说。

"什么?"艾达·尼说。

"不。"贝弗莉再次说道。

"我的天哪!"路易斯安娜说着抓住了瑞米的胳膊,"虽然我戴着幸运兔,可总感觉还是会晕倒。"

瑞米觉得自己可能也要晕倒了,尽管她以前从来没有晕倒过,也完全不知道晕倒的滋味如何。路易斯安娜紧紧抓住瑞米的胳膊,瑞米紧紧抓住……抓住什么呢?她也不知道。她猜,她应该只是"抓住"路易斯安娜紧紧抓住她的这个事实。

艾达·尼抬起指挥棒,又打了贝弗莉一下。

路易斯安娜松开手,发出了一种奇怪的声音——既不是尖叫,又不是惊呼——然后,她竟然向前扑去,拦腰抱住了穿着亮片上衣的艾达·尼。

"别打了!"路易斯安娜大喊道,"别打了!"

"真是见鬼了!"艾达·尼说,"给我松手。"她试图甩掉路易斯安娜,可路易斯安娜死死抱着她,就是不松手。

"别打她了。"路易斯安娜说,"求求你。"

克拉拉湖波光粼粼,松树随风摇曳,沙沙作响,仿佛传来一阵叹息。路易斯安娜死死地抱着艾达·尼,仿佛这辈子也不会松手似的。"别打她了,别打她了!"路易斯安娜不停地喊道。

"别傻了。"贝弗莉说。

这个提议听起来很有道理,可瑞米不太确定她在对谁说话。

"求你别伤害她。"路易斯安娜哭起来了。

"快松手。"艾达·尼一边推路易斯安娜一边说。

"瞧。"贝弗莉说,"我把口香糖吐掉了。"

她吐出了口香糖。

"看到了吗?"她说,"没人会再伤害我了。没人伤害得了我。"她放下指挥棒,抬起手来。"过来。"她说,"没事了。"她把路易斯安娜从艾达·尼那儿拉了过来,然后拍拍她的背。"看到了吗?"贝弗莉再次说道,"没事了。我没事的。"

艾达·尼一脸茫然地眨了眨眼睛。"一派胡言。"她说,"你们知道的,我最讨厌废话了。"接着,她深深吸了一口气,迈开大步,走回了家。

第二堂棒操课就这样结束了。

十八　三个农夫

她们仨一起来到了湖边。

"是不是这个意思,"贝弗莉说,"你想让我去一个老太太的房间里,从她床底下把一本关于弗洛伦斯·南丁格尔的书拿出来。"

"是的。"瑞米说。

"因为你很害怕。"

"她会尖叫。"瑞米说,"那本书是图书馆的,我必须得把它拿回来。"

"我也想去。"路易斯安娜说。

"不行!"贝弗莉和瑞米齐声喊道。

"为什么?"路易斯安娜说,"我们是三个农夫!我们应该有福同享,有难同当。"

"三个什么?"瑞米问。

"农夫。"路易斯安娜说。

"是火枪手。"贝弗莉说,"三个火枪手。"

"不。"路易斯安娜说,"他们是他们,我们是我们。我们是三个农夫。我们患难与共。"

"我可没有什么难。"贝弗莉说。

"我想和你们一起去闪烁河谷。"路易斯安娜说。

"是金色峡谷。"瑞米说。

"我也想去救那本弗洛伦斯·达克松的书。"

"是南丁格尔。"贝弗莉和瑞米齐声喊道。

"等我们救出书,就可以一起去超有爱动物中心救阿琪了。"

"听着。"贝弗莉说,"我跟你说,世界上根本没有什么超有爱动物中心。那只猫早就走了。"

"它没有走。"路易斯安娜说,"我一定会把它救出来的,这就是我要在报名表上填的一件好事,另一件就是帮你们把书拿回来。还有,我以后不和奶奶一起去偷罐头了。"

"你们还偷罐头？"瑞米问。

"大部分都是金枪鱼罐头，"路易斯安娜说，"蛋白质含量超高的。"

"我告诉过你，"贝弗莉对瑞米说，"我一看就觉得她们是罪犯。"

"我们不是罪犯。"路易斯安娜说，"我们是幸存者。我们是勇士。"

三个女孩陷入了沉默。她们注视着湖面，闪烁的湖水似乎也在悄声叹息。

"湖里淹死过一个女人。"瑞米说，"她叫克拉拉·文迪普。"

"然后呢？"贝弗莉问。

"她的魂魄经常会出现。"瑞米说，"我爸办公室里有一张航拍的照片，可以看到水底的克拉拉·文迪普。"

贝弗莉不屑地哼了一声："我可不信邪。"

"有时候还能听见她在哭。"瑞米说，"我听别人说的。"

"真的吗？"路易斯安娜说。她重新别了别发卡，把头发捋到耳朵后面，然后弯腰凑近湖面。"哦，"她说，"我听见了，我听见哭声了。"

贝弗莉又哼了一声。

瑞米也仔细地听着。

她也听见了哭泣声。

十九　路易斯安娜的故事

"好吧好吧,"贝弗莉说,"你拿回了书,你找回了猫,那我呢?我能得到什么?"

她们平躺在草地上,望着天空。

"那你想要什么呢?"路易斯安娜问。

"我什么也不想要。"贝弗莉说。

"我不信。"路易斯安娜说,"每个人都有想要的东西,大家都有愿望。"

"我不许愿,只搞破坏。"

"天哪!"路易斯安娜说。

瑞米什么也没说。

瑞米只是看着那明亮得不可思议的天空,想起了有一次博尔科夫斯基太太对她说的话。她说,如果你待在一个足够深的洞里,当你抬头看天时,即便是正午时分,也能看见满天的星星。

那是真的吗?

瑞米并不知道。博尔科夫斯基太太总是和她说一些真假难辨的事情。

"咻咻咻。"瑞米悄悄地自言自语道。

她想到了童话故事里的人,他们通常都会得到实现三个愿望的机会,但最后没有一个愿望会完美实现。就算实现了,也会弄巧成拙。愿望是危险的。反正童话故事都是那么讲的。

贝弗莉不许愿也许是个明智的决定。

在她们身后,从艾达·尼家那边发出一声刺耳的巨响,紧接着又传来砰砰两声重击。

"我奶奶来了。"路易斯安娜坐起身来。

"路易斯安娜!"有人喊道,"路易斯安娜·埃莱凡特!"

瑞米也坐了起来。"'飞翔的埃莱凡特'到底是谁?"她问。

"我不是和你说了吗,"路易斯安娜说,"是我爸妈。"

"可那是什么意思呢?'飞翔的'是什么意思?他们是做什么的?"

"我的天哪!"路易斯安娜说,"那还用问吗?他们是空中飞人。"

"这还用问?"贝弗莉也说。

"他们无拘无束地在空中飞来飞去,他们很有名,旅行箱上都镌刻着他们的名字。"

"路易斯安娜·埃莱凡特!"

"我奶奶急了。"路易斯安娜说,"我得走了。"她站起来,整理了一下裙子的前摆。她头上的兔子发卡在阳光下闪耀着,每一只发卡都显得很有使命感,仿佛活了起来,正忙碌地接收着从远方传来的信息。

路易斯安娜冲瑞米笑了笑。她的笑容很美。那一刻,路易斯安娜看起来就像个天使,穿着粉色裙子的天使。在她身后是一片明媚的蓝天,她头上的发卡亮晶晶的。

"他们死了。"路易斯安娜说。

"什么?"瑞米说。

"我爸妈。他们死了。他们已经不再是'飞翔的埃莱凡特'了,什么也不是了。他们现在待在海底。他们的船沉了。

你听说过吗?"

"没有。"贝弗莉仍然躺在草地上,仰望着天空,"我们怎么会知道?"

"好吧,总之,那是很久以前的事,发生在很远的地方。真是个悲剧。所有刻着'飞翔的埃莱凡特'的旅行箱都沉入了海底,我爸妈也淹死了。所以我从不去学游泳。"

"原来如此。"贝弗莉说。

"现在只剩我和奶奶相依为命。当然了,还有玛莎·简。她想把我抓起来,关进救济站去,那里能吃的食物只有腊肠。想想就觉得太可怕了,所以我努力不去想。"

"路易斯安娜!"奶奶又喊道。

路易斯安娜弯腰捡起指挥棒:"明天中午十二点,波顿大街和格瑞特大街交口处,金色峡谷快乐退休之家。到时候见!"

"好的。"瑞米说。

"不是快乐退休之家,"贝弗莉说,"是疗养院。"

"再见,三个农夫万岁!"路易斯安娜一边走一边喊道。

"你觉得她爸妈真的是空中飞人吗?"瑞米问贝弗莉。

"我才不在乎呢。"贝弗莉说,"不过肯定不是。"

"哦。"瑞米应道。

房子那边传来汽车驶离的声音。声音十分巨大,仿佛是一支坏掉的火箭在拼命逃离地球的大气层。

"我可能也得回去了。"瑞米说,"我妈也要来接我了。"

"你爸爸呢?"

"什么?"瑞米说。

"你爸爸……他回家了吗?"贝弗莉问。她脸上的瘀青突然显得更黑,更意味深长了。

"没有。"瑞米说。

"我猜也是。"贝弗莉说。

瑞米觉得灵魂猛地缩小了,天空也不再是蓝色的了。她决定不再相信博尔科夫斯基太太说的什么白天的星星和足够深的洞。妈妈说得对,博尔科夫斯基太太是个疯子。

也许吧。

咻咻咻。

"听着,"贝弗莉说,"你不用太难过,事情就是这样的。人们会离开,永远也不再回来。总得有人告诉你真相。"她站起来伸了个懒腰,然后弯腰拾起指挥棒,又说,"但是,听我说,别担心,我们会从那个老太太床底下把你那本愚蠢的书拿回来的。至少这件事很容易做到,不费吹灰之力。"

贝弗莉把指挥棒抛入空中,一次,两次,三次。一次又一次,她连看都不看,就稳稳地接住了。

"明天见。"贝弗莉·泰普因斯基说。

然后她便离开了。

二十　三个农夫来到了金色峡谷

第二天是星期六,不用上棒操课。正午时分,她们在金色峡谷见面了。

第一个到的是路易斯安娜。

远远的,瑞米就瞧见她已经站在路口了。她今天穿了一条橙色的裙子,下摆缀有银色的亮片,纱纺的袖子上也有许多金色的亮片,整个人看起来闪闪发光。她头上的发卡比昨天还多,全都是印着兔子图案的亮粉色发卡。天晓得世界上怎么会有那么多兔子发卡!

"今天我又多戴了几个幸运兔发卡。"路易斯安娜说。

"很漂亮。"瑞米说。

"你觉得橙色和粉色很配是吧,还是只有我自己这样认为啊?"

瑞米还没来得及回答她,贝弗莉就到了。她看起来怒气冲冲,脸上的瘀青从黑色变成了一种令人作呕的绿色。

"怎么说?"贝弗莉一边走向她们,一边说道。

瑞米不太确定这个问题是什么意思,只是觉得有种不祥的预感。她连忙走上前去,按响了门铃,以防贝弗莉改变主意。

对讲机噼啪作响,传来了玛莎的声音:"幸福美满尽在金色峡谷,我是玛莎,有什么可以帮你的吗?"

贝弗莉不屑地哼了一声。

"有什么可以帮你的吗?"玛莎再次问道。

"玛莎?"瑞米说,"是我……嗯……瑞米,瑞米·克拉克。前几天我来看过伊莎贝拉,我是来做好事的,还记得吗?"瑞米突然感到一阵眩晕,因为她想起帮伊莎贝拉写的那封抱怨信了。玛莎知道是谁写的吗?她会不会难为自己?她能理解自己只是为了做好事吗?为什么所有事情都那么复杂?为什么做的好事竟变成了不可告人的事?

"噢,瑞米,当然记得。"玛莎的声音也变得噼啪作响,"当然,当然。伊莎贝拉会很高兴再次见到你的。"

那可不一定。

"我们也来了!"路易斯安娜朝对讲机喊道,"我们是三个农夫,我们要——"

贝弗莉赶紧捂住路易斯安娜的嘴。

门打开了,瑞米拉开门,贝弗莉放下手,她们三个一起走进了金色峡谷。玛莎和上次一样站在走廊尽头的柜台后面,微笑地看着她们。

瑞米很高兴见到她。

当你死后,如果天堂里有人在迎接你的话,那个人可能,应该,就像玛莎这样——肩上披着一件蓝色的毛衣,和蔼地、灿烂地笑着。

"噢,"玛莎说,"你还带了朋友一起来。"

"我们是三个农夫!"路易斯安娜说,"我们是来弥补过错的。"

"拜托,拜托——"贝弗莉说。

"你的裙子真可爱。"玛莎对路易斯安娜说。

"谢谢。"路易斯安娜转了个圈,她的裙子飘起来,亮片闪闪发光,"这是我奶奶做的。我所有的裙子都是她做的。她以前也给我爸妈做演出服,他们是'飞翔的埃莱凡特'。"

"那不是太有趣了吗？"玛莎又转向了贝弗莉，"你的脸是怎么回事？"

"只是一块瘀青而已。"贝弗莉用一种极其礼貌的语调说，"打架时弄的。我没事。"

"好吧。"玛莎说，"没事就好。你们愿意跟我来吗？"她牵起路易斯安娜的手，"我们上楼去看看今天谁会比较喜欢做好事的孩子。金色峡谷最欢迎客人来访了。"

贝弗莉朝瑞米翻了个白眼，然后转身跟着玛莎和路易斯安娜上了楼。

瑞米跟在贝弗莉后面。在她刚要踏上台阶的那一瞬，瑞米的内心忽然被一阵强烈的质疑声包围了。瑞米·克拉克，她怎么能来这儿呢？来金色峡谷？跟在玛莎、路易斯安娜和贝弗莉后面——这些人她才认识几天哪？

瑞米低头看着楼梯。为了防滑，每一级台阶都镶有深色的条板。

"我们都是棒操运动员。"路易斯安娜对玛莎说，"我们要去参加中佛罗里达轮胎之星选美比赛。"

"真棒。"玛莎说。

贝弗莉不屑地哼了一声。

瑞米活动了一下脚趾。她终于想起自己要做什么了,她要把书拿回去,做一件好事,然后赢得比赛胜利,让爸爸回家。于是,她踏上防滑的深色条板,一级一级地走了上去。

她来到了楼上。

二十一　寻书行动

公共休息室里空无一人。地板闪闪发亮,但并不是很夸张。钢琴安静地伫立在一旁。一些蕨类植物从天花板上随意地垂挂下来,房间中央的一张小桌上零散地堆放着一些尚未完成的拼图。桌上还立着拼图盒子,上面印着拼图完成后的图案:秋天里一座铺满落叶的桥。

"那个,"玛莎说,"我得回去了,你们三个自己去找伊莎贝拉吧,敲一下她的门,问问看她愿不愿意见你们。"

"好的。"瑞米说。

"非常感谢您。"贝弗莉再次用从未有过的、礼貌得简直可怕的语调说道。

"我很喜欢这里。"路易斯安娜说,"这里可以跳舞。你们可以在这儿办个舞会。"

"嗯。"玛莎说,"应该可以跳。这里平时没什么人跳舞,我们还没办过舞会呢。不过,也许有一天会办的。谁知道呢?"玛莎摇摇头,然后拍了拍手说道,"好了,姑娘们,沿着走廊过去就是了。瑞米,你知道伊莎贝拉住哪个房间。"

瑞米点点头。她也知道爱丽丝·奈勃利住哪个房间。那才是她关心的。

"行了。"玛莎走后,贝弗莉问,"哪一间?"

"这边。"瑞米说。贝弗莉和路易斯安娜跟在她身后,渐渐地,她们听见了叫喊声。

"握住我的手!"爱丽丝尖叫道。

"我的天哪!"路易斯安娜说,"我们还是回去吧,别进去了。"

"闭嘴。"贝弗莉说。

路易斯安娜赶上瑞米,抓住了她的手。瑞米有一种奇怪的感觉,握着路易斯安娜的手就像是握着她发卡上一只丑兔子的爪子一样。她的手纤细得仿佛不存在。

不过,不知为什么,握着路易斯安娜的手,却让瑞米感到了一丝安慰。

"握住我的手!"爱丽丝喊道。

"别挡路。"贝弗莉说。她推开瑞米和路易斯安娜,门都没敲就径直走进了爱丽丝的房间。屋里和之前一样,黑漆漆的,像是山洞,又像是坟墓。

"她进去了。"路易斯安娜对瑞米说。

"嗯。"瑞米说,"进去了。"

她们并肩站在门口,注视着黑暗中贝弗莉那隐隐约约的轮廓。她已经来到了床前。

"哎——哟!"爱丽丝尖叫道。路易斯安娜和瑞米吓了一跳。

"在床底下!"瑞米叫道。

"我知道。"黑暗中的贝弗莉说,"你已经说过一千次了,就算化成灰我也记得。"

轮廓模糊的贝弗莉弯下腰,消失在瑞米的视线中。

"书不在这儿。"过了片刻,贝弗莉含混地说道。

"不可能啊。"瑞米说。

"确实没有。"轮廓模糊的贝弗莉再次出现了,"床底下什么也没有。我不知道。谁知道老人们会怎么处理书呢?也许她把书吃了,或者压在身子底下睡觉呢。"

说完,贝弗莉并没有走出房间,而是向爱丽丝的床凑了过去。

"算了。"瑞米说,"我们走吧,快出来吧。"她突然害怕贝弗莉会做出什么不可预知的、极端的事情来,比如试着把爱丽丝抬起来,找一找她身下有没有书。

"哎——哟!"爱丽丝又尖叫道,"受不了了!受不了了!太痛苦了!"

"哦,不。"路易斯安娜说,"太可怕了。她受不了痛苦,我也受不了了!看她痛苦的样子太难受了!"她把瑞米的手捏得生疼。

"握住我的手!"爱丽丝尖叫道。

这时,和上次一样,一只骨瘦如柴的手从被子里伸了出来,就像从坟墓里伸出来一样。路易斯安娜尖叫起来,瑞米吓得都快哭了。然而,在爱丽丝那幽暗悲惨的房间里,贝弗莉却只是静静地站着,她没有跳起来,甚至连动都没有动一下。她慢慢地伸出手,握住了爱丽丝的手。

"啊!"路易斯安娜说,"她握住贝弗莉的手了。那个女人要把贝弗莉拖进坟墓里了。她会杀了贝弗莉,用她给自己塑造一个新的灵魂。"

瑞米从来没想过这些让人毛骨悚然的结局,可她也感到了极度的恐惧。

"不要,不要!我受不了了,我看不下去了。"她放下了瑞米的手,"我去找个人来帮忙。"

"别去。"瑞米说。

路易斯安娜并没有听她的,她向走廊的另一端跑去,她的裙子一闪一闪的。

瑞米一个人站在原地,呆呆地望着。贝弗莉握着爱丽丝的手,坐在了床边。

"嘘。"贝弗莉说。

爱丽丝停止了尖叫。

"一切都会没事的。"贝弗莉说。这时,不可思议的是,她竟然开始哼起了摇篮曲。

贝弗莉·泰普因斯基——保险箱大盗、开锁狂魔、击打地面的那个贝弗莉——此情此景下,居然坐在爱丽丝的床边,握着她的手,对她说一切都会没事的,还哼摇篮曲给她听。

这简直是不可能的事。

这时,路易斯安娜回到了瑞米身边。她小小的胸膛剧烈地起伏着,她的肺里发出呼哧呼哧的声音。"我找到了。"她说。

"什么?"瑞米说。

"我找到了。我找到你那本弗洛伦斯什么玩意儿的书了。"

"南丁格尔。"瑞米说。

"对。"路易斯安娜说,"南丁格尔,南丁格尔。我在看门人办公室里找到的。我本来想去找他帮忙,请他帮贝弗莉打败妖怪,然后,惊喜出现了!我找到了那本书!而且,我把鸟也放走了。"

"什么鸟?"瑞米问。

"小黄鸟。在看门人办公室的鸟笼里。"

此时,金色峡谷里的某处,有人尖叫起来,但那个人并不是爱丽丝。

"我得爬到桌子上才能够到鸟笼,"路易斯安娜说,"然后又得赶紧离开,所以我把你的书落下了。我觉得鸟不应该待在笼子里,你说呢?"

又是一声尖叫,紧接着传来一阵狂乱的脚步声。

贝弗莉走出了房间。

"怎么了?"她问。

"我也不知道。"瑞米说。

"我找到书了!"路易斯安娜说。

一只小黄鸟嗖地飞进走廊,从她们头顶掠过。

"那是只鸟吗?"贝弗莉问。

房间里的爱丽丝已经完全安静了。

瑞米希望她并没有死。

二十二 该 走 了

看门人顺着走廊跑了过来。他的钥匙叮当作响,他的靴子踏在金色峡谷光滑的地板上,发出极其威严的声音。

看门人表情决绝,看上去并不像一个成天演奏忧郁的钢琴曲的人。他的手指十分粗壮,看起来也不像一个会养小黄鸟的人。

"哦!"路易斯安娜说,"快走,跟我来。"

路易斯安娜带领她们穿过走廊。"在这儿,"她说,"就在这儿。"她指了指开着门的一个小房间。房间里有一张桌子,桌子正中便是那本书:《走在光辉大道上:弗洛伦斯·南丁格尔的一生》。

"是这本吗?"贝弗莉问,"这就是你那本愚蠢的书?"

桌子上方有一个鸟笼,正来回摇晃着。笼子里没有鸟。笼上的小门敞开着。

不知怎的,敞开的笼门让瑞米感到很难过。

此时,瑞米的妈妈可能正眼神空洞地坐在家里的沙发上;博尔科夫斯基太太可能正坐在街心的那张躺椅上;西尔维斯特太太肯定在办公桌前打字,她桌上的玉米糖罐子正随着咔嗒咔嗒、嗡嗡作响的打字机轻轻地颤动着。

那瑞米的爸爸呢?也许他正和牙医一起共进晚餐呢。也许他们正拿着菜单,想要点菜呢。

爸爸有没有想过她呢?万一爸爸已经忘了她怎么办?

瑞米好想找个人问问,可她没有人可以倾诉。

"你还愣着干吗?"贝弗莉说,"你到底要不要去把书拿回来呀?"

"我的天哪!"路易斯安娜说,"我去拿。"她跑进看门人的办公室,从桌子上一把抓起那本书,然后狂奔出来。

金色峡谷里的某处又传来一声尖叫。

"我们该走了。"路易斯安娜说。

"好主意。"贝弗莉说。

于是她们三个狂奔起来。

二十三　快　上　车

跑出金色峡谷后,她们在不远处停了下来。路易斯安娜抱着书,贝弗莉坐在路边,瑞米则呆若木鸡地站着。

"你还说我什么忙也帮不上。"路易斯安娜说,"书可是我找到的。我拿了书,还放了只鸟!"

"没人叫你把鸟放了。"贝弗莉说。

"是啊。"路易斯安娜说,"所以这个是加分项,也算是件好事。"

瑞米的心怦怦直跳。做好事,做好事。她连边儿都还没沾到,也许她做不成好事了。

"你——"

贝弗莉的话还没说出口,就被突然出现的埃莱凡特家的旅行车强行打断了。它喷出一股黑烟,沿着波顿大街歪歪斜斜地冲了下来。

"快看!"瑞米说。这句话简直就是废话,谁都不会对它视而不见的。

车子开上路沿,尖叫着停了下来。车身上的一块装饰木板快要掉了,以一个奇怪的角度悬在那儿,重重地来回拍打着车子。

"上车,上车!"路易斯安娜的奶奶喊道,"她就在我后面。没有时间可以浪费了。"

"是玛莎·简吗?"路易斯安娜说,"她就跟在后面吗?"

"快点!"奶奶大喊,"你们全都上车。"

"我们吗?"瑞米问。

"别站在那儿了!"奶奶大喊,"快上车!"

"上车,上车!"路易斯安娜也喊道,她急得上蹿下跳,"快点,玛莎·简就跟在我们后面!"

贝弗莉看着瑞米,耸了耸肩,然后走向车子,打开了后排座的车门。"听见了吗?"贝弗莉扶着门说,"快上车。没有时间可以浪费了。"

"快点!"路易斯安娜说完就爬上了车。瑞米第二个,贝弗莉是最后一个。她使劲把门一关,但门瞬间又弹开了。

奶奶猛踩油门,她们全都紧靠在椅背上。坏了的门一会儿砰地关上,一会儿又自动弹开了。

"我的天哪!"路易斯安娜说,"我们走咯!"

就这样,她们飞驰而去。

二十四　一路疾驰

路易斯安娜的奶奶完全无视停车指示牌①,不知道她是没看见呢,还是觉得自己不受其管辖。总之,旅行车连刹车都不踩,唰唰地掠过了所有的停车指示牌。

她们的速度非常快,车子一路发出了许多声响,还有一种嘎吱嘎吱的机械摩擦声——那是超负荷运转的发动机冲破极限时发出的绝望呼喊。

与此同时,从后座上根本看不见奶奶的脑袋,仿佛开车的是个隐形人。

就像做梦一样。

---

① 美国的交通法规规定,看到停车指示牌必须停车。停车后观察周围路况三秒钟,确认没有危险后才可以通过。

"别担心。"路易斯安娜说,"我奶奶车技一流,每次都甩玛莎·简几条街。"

贝弗莉不屑地哼了一声。

这时,旅行车开得更快了——尽管一分钟前,瑞米还觉得它不可能再快了。

瑞米向贝弗莉看去,挑了挑眉毛。

"三十六计,走为上策。"贝弗莉说。她笑了,露出了有缺口的门牙。瑞米不太确定,但觉得这应该是头一次看见贝弗莉发自内心的笑容。

路易斯安娜也笑了。"没错!"她说,"走为上策。"

前排传来隐形奶奶的笑声。

瑞米也笑了。

她的体内开始发生变化。她的灵魂变得越来越大,越来越大,仿佛要把她从座位上举起来了。

"和玛莎·简这种人斗智斗勇,"奶奶说,"要足智多谋,狠狠反击,永不言败,绝不屈服。"

车子又加快了速度。

瑞米明白,按理说,她应该害怕。她正坐在一辆由隐形人超速驾驶的车上,而这辆车随时都有可能散架。

路易斯安娜坐在她左边,头戴兔子发卡,身穿亮闪闪的裙子,怀里抱着写弗洛伦斯·南丁格尔的那本书。坐在右边的是贝弗莉,脸上有一块瘀青,手很脏,而且还有一股怪味,闻起来就像润滑油和棉花糖的混合物一样奇怪。大风灌进车里,瑞米的灵魂已经膨胀到了前所未有的大小,她一点儿也不害怕了。

她转头对贝弗莉说:"你居然握住了爱丽丝的手。"

"那又怎么样?"贝弗莉耸耸肩,再次笑起来,"是她想要我那么做的。"

"我好高兴啊。"路易斯安娜说,"我突然感觉特别高兴。奶奶,我可以唱歌吗?"

"当然了,唱吧,亲爱的。"奶奶说。

于是路易斯安娜唱了一首《雨点不断落在我头顶》。她的歌声好美,瑞米从没听过那么动听的声音,就像天使在歌唱。尽管瑞米并没有听过天使歌唱,可是,想来天使的声音也就是这样吧。瑞米向窗外望去,一个个停车指示牌迅速地向后退去。

不知为什么,听着这首并不悲伤的歌,瑞米却忍不住伤感起来。她想起家里厨房的灯光,那盏灯悬在烤箱上方,妈妈总是彻夜让它亮着。

她想起有一次,她半夜来到厨房找水喝,看见爸爸把脑袋埋在掌心里,一言不发地坐在桌前。爸爸没有看见她。瑞米什么也没说,悄悄地回到楼上睡了。

他为何把脑袋埋在掌心里,一个人坐在那儿?

她真应该和他说点什么。

可她没有。

路易斯安娜唱完了。奶奶说:"听你唱歌对我的心脏有好处,路易斯安娜,让我感觉一切都会好起来的。"

"一切都会好起来的,奶奶。"路易斯安娜说,"我向你保证。我会获得比赛冠军,我们会和克罗伊斯①一样有钱的。"

"你真是个让所有奶奶都梦寐以求的好孙女。能帮我看看现在我们到哪儿了吗?"

"到家了!"路易斯安娜说。

"好嘞!"奶奶说。

车子减慢速度,驶离马路,来到了一条土路上。

---

①克罗伊斯,古国吕底亚的最后一位国王,以富有闻名,后来成为富可敌国的有钱人的象征。

"我们可以一起吃金枪鱼!"路易斯安娜说。

"天哪!"贝弗莉说。

沿着土路开到尽头,一栋巨大的房子呈现在她们面前。它的门廊有些下陷,烟囱也歪向一边,好像在思考什么重要的事情一样。还有些窗户是用木板封上的。

"来吧。"路易斯安娜说,"我们到了。"

"真的吗?"贝弗莉说。

"是啊。"奶奶说,"我们战胜了玛莎·简,我们到家了。"

二十五　金枪鱼盛宴

厨房里,空的金枪鱼罐头堆积如山,墙壁被刷成了绿色。这是瑞米第一次有机会和路易斯安娜的奶奶面对面,感觉就像从哈哈镜里看路易斯安娜一样。她奶奶头发花白,满脸皱纹,除此之外,她看起来简直和路易斯安娜一模一样。她个子矮小,比路易斯安娜高不了多少,头上也戴满了兔子发卡。这有点儿怪,因为你肯定没想到老人家也会戴发卡。

"欢迎,欢迎。"奶奶张开双臂说道,"欢迎光临寒舍。"

"嗯。"路易斯安娜说,"欢迎你们。"

"谢谢。"瑞米说。

贝弗莉摇摇头,然后走出厨房,来到客厅。

"能认识路易斯安娜最好的朋友真是太开心了。"奶奶对瑞米说。

"我?"瑞米说。

"对呀,就是你。她一天到晚都在说瑞米这个瑞米那个的。被人如此崇拜的感觉一定很美妙吧。我去拿开罐器。"奶奶说,"金枪鱼盛宴马上就要开始了。"

"我的天哪!"路易斯安娜说,"我最爱的金枪鱼盛宴!"

"你们的家具呢?"贝弗莉站在厨房门口问道。

"不好意思,请再说一遍。"奶奶说。

"这栋房子我转遍了,一件家具都没有。"

"呃,你满屋子转悠找家具干什么啊?"

"我——"贝弗莉说。

"没关系。"奶奶说,"既然你那么爱找东西,也许你能干点有用的事。帮忙把开罐器找来好吗?"

"好吧。"贝弗莉说,"我的意思是……算了,就这样吧。"她走进厨房,一会儿把门打开,一会儿又把门关上。

"哦,"奶奶双手抱头说道,"我想起来了,我把开罐器放车上了。"

"放车上了?"贝弗莉问。

"路易斯安娜,快跑过去帮我拿来,好不好,亲爱的?一定要找到哟。"

"好的,奶奶。"路易斯安娜说。

路易斯安娜转身跑了出去,仿佛一道混合着橙色、亮片和兔子发卡的闪电。玻璃门关上的一瞬间,奶奶转向贝弗莉和瑞米,从袖子里掏出了一个开罐器。

"当当!"她说,"我爸爸是个魔术师,他是世界上最优雅、最会骗人的人。我跟他学了几招,还蛮管用的——就是障眼法,比如藏东西什么的。"

她说得眉飞色舞。

"路易斯安娜的爸爸妈妈真的是空中飞人吗?"瑞米问,"他们真是'飞翔的埃莱凡特'吗?"

贝弗莉不屑地哼了一声。

"他们的故事值得永久传唱。"奶奶说。

"是真的吗?"瑞米问。

奶奶依次挑了挑左右两边的眉毛,笑了。

贝弗莉翻了个白眼。

"那玛莎·简呢?"瑞米问,"她是真实存在的吗?"

"玛莎·简是心里的鬼。对于可能伤害你的人,你必须保持警惕。路易斯安娜得学会小心谨慎,足智多谋。我没法儿永远保护她。要是被抓到救济站去,就有她好受的了。希望你们俩能多帮助她,保护好她。"

玻璃门开了。

"奶奶,我到处都找遍了,"路易斯安娜说,"就是找不到。"

"别担心,亲爱的,我找到了。现在我们就开始举行金枪鱼盛宴!"奶奶举起开罐器,笑着说。

瑞米如何才能保护好路易斯安娜呢?

她连如何保护自己都不知道。

二十六　心碎的人

她们坐在客厅的地板上,头顶上方是一盏巨大的吊灯。

"这盏灯如果打开是很漂亮的。"路易斯安娜说,"不过现在开不了,因为没有电。"

缺少家具的房间让她们说出的每一个字都显得很滑稽。声音不停地回荡在空气中。

她们直接从罐头里面挖金枪鱼出来吃,用纸杯喝水。每个纸杯的侧面都用红字印着一条谜语。

"本来在杯子底会印上谜底的,但他们忘记印了。"路易斯安娜说,"于是我们就有了几千个免费的杯子,只因为没有谜底。太棒了,是不是?"

"是啊。"贝弗莉说,"太棒了。"

瑞米拿起自己的那个杯子,大声读出上面的谜语:"什么东西三条腿,没有手,一天到晚都在看报纸?"

她看了看杯底,什么也没有。

"看到了吧?"路易斯安娜说,"没有谜底。"

"真是个愚蠢的谜语。"贝弗莉说。

屋外,一道闪电划过天空,随后传来一声炸雷。吊灯晃动起来。

奶奶说:"要下大雨了!"

"幸亏我们已经安全到家了。"路易斯安娜说。

暴雨倾盆而下,有着深蓝色墙壁的客厅变成了一个昏暗的世界。瑞米觉得,也许她们四个已经身处另一个世界了。这真是奇妙的一天。

"奶奶?"路易斯安娜说。

"嗯,亲爱的。"

"我想阿琪了。"

"现在不是说这个的时候。记得我说过的吗?回忆过去是没有意义的。"

"可我想它了。"路易斯安娜的下嘴唇在颤抖。

"超有爱动物中心的人会把它照料得很好的,我保证。"

贝弗莉哼了一声。

路易斯安娜开始哭泣。

"别想了,亲爱的。"奶奶说,"有些事情经不起多想。让我们继续吃金枪鱼,猜谜语吧。"

路易斯安娜哭得更凶了。

贝弗莉把手放在她的背上,身子靠过去,悄悄地对路易斯安娜说了些什么。

"是真的。"路易斯安娜说,"我们成功了。"

"成功?"奶奶说,"你成功什么了?"

"呃……"贝弗莉说,"我爸是警察,我知道一些事情。"

"我的天哪!"奶奶直直地坐了起来,"有意思!我能问一下你爸爸是在我们这座美丽的城市执勤吗?"

"不是。"贝弗莉说。

"那他在哪儿?"

"纽约。"贝弗莉说。

"纽约!"瑞米说,"他不在这儿吗?他在纽约?"她简直不敢相信。贝弗莉的爸爸也走了,贝弗莉·泰普因斯基也没有爸爸。

瑞米瞪着贝弗莉,贝弗莉也向瑞米投去炽热的目光。

"我也要去那儿的,好吧?"贝弗莉说,"等我长大了,我就去纽约。我已经离家出走过两次了。有一次我都已经跑到亚特兰大了。"

"亚特兰大!"路易斯安娜尖叫道。

"但是现在,"贝弗莉说,"我被困在这儿了。和你们几个,干些愚蠢的事情,比如去老太太床底下找书什么的。"

贝弗莉放下罐头,站起来,走出了客厅。

瑞米感觉自己的灵魂又缩小了。

"我的天哪。"奶奶说。

"她的心碎了。"路易斯安娜说。

瑞米的灵魂缩得更小了。

"要小心心碎的人啊。"奶奶说,"他们会让你误入歧途的。"

屋外,雨下得更大了。

"可我们不都是吗,奶奶?"雨声中,传来路易斯安娜的声音,"我们不都是心碎的人吗?"

二十七 出 事 了

回城时，车子的行驶速度并不快。虽然遇到停车指示牌时仍然没有停下，但她们至少减速通过了。没有人唱歌。贝弗莉双臂交叉抱在胸前，路易斯安娜望向窗外，瑞米则一边呆呆地注视着《走在光辉大道上：弗洛伦斯·南丁格尔的一生》，一边活动着脚趾。可她怎么也锁定不了目标。

她太难受了。

"别忘了，"瑞米下车时，路易斯安娜说，"我们成功了，不过还有其他需要弥补的错误。"

瑞米看着手里的书。

"好的。"她说，"星期一，艾达·尼家见。"

"嗯，好的。"路易斯安娜说，"三个农夫再次集结，我一定到场。"

贝弗莉安静地坐着,双手依然抱在胸前。她没有看瑞米,也没有说话。

瑞米轻轻关上车门,走上家门口的台阶。进门前,她转过身目送车子离去。尾气管里排放出浓浓的黑烟,瑞米呆呆地看着黑烟,希望它能变成某种有意义的东西——比如一封信、一个承诺。她一直这么看着,直到车子消失不见。

"你去哪儿了?"妈妈拉开前门问道。她身后的书架上摆满了爸爸的书,书架后面是那块巨大的长毛地毯,看上去好像无边无际。

"我……"瑞米说,"我……呃……去给老人读书了。"

"快进来,"妈妈说,"出事了。"

"什么?"瑞米说,"出什么事了?"她感觉灵魂仿佛缩成了一个战战兢兢的小球。

"博尔科夫斯基太太……"妈妈说。

"博尔科夫斯基太太?"瑞米重复道。

她把书紧紧抱在胸前,好像不管妈妈要说什么,那位提着灯的女士都能保护自己一样。

"博尔科夫斯基太太死了。"

二十八 咻 咻 咻

瑞米看着地毯发呆,然后又看着书架发呆,但就是没办法看着妈妈的脸。她完全不知所措了。博尔科夫斯基太太怎么会死呢?

"没有葬礼,不过明天会在芬奇礼堂举行追悼会。博尔科夫斯基太太的女儿在办理后事,她说她妈妈只想要追悼会,不想要葬礼。谁知道是为什么呢。"妈妈叹了口气,接着说,"博尔科夫斯基太太一直都很奇怪。"

"可她怎么会死呢?"瑞米说。

"她的年纪已经很大了,"妈妈说,"还有心脏病。"

"哦。"

瑞米走进厨房,拿起电话,拨通了克拉克家庭保险公司的号码。铃声响了。瑞米看了看厨房墙上的太阳挂钟,已经五点一刻了。有时,西尔维斯特太太会在星期六晚上加班,打打字什么的。

铃声继续响着。

"拜托。"瑞米说。她试图活动一下脚趾,可脚却僵硬麻木,脚趾完全动不了。

史戴夫先生并没有教过,万一脚趾动不了该怎么办。

铃声继续响着。

博尔科夫斯基太太死了!

"克拉克家庭保险公司,"西尔维斯特太太用那卡通小鸟的语调说道,"有什么可以为您效劳的吗?"

瑞米什么也没说。

"喂?"西尔维斯特太太说。

瑞米什么也说不出来。

"是瑞米·克拉克吗?"西尔维斯特太太问。

瑞米站在厨房里点了点头。她握着电话,呆呆地看着挂钟,想起西尔维斯特太太那一大罐玉米糖。玉米糖亮晶晶的,仿佛罐子里装的是阳光,而不是糖。这样的想法让人感觉很舒服——一罐阳光。

"我……"瑞米只能说出这一个字,要说的话就卡在喉咙里。也许,话都躲进脚趾里去了吧。并且,她感觉灵魂已经缩小到前所未有的样子,几乎都找不到了。她在体内四处搜寻着,想要把灵魂找到。

"喂,喂?"西尔维斯特太太说。

"嗯。"瑞米说。

"他会回来的,亲爱的。"西尔维斯特太太说。

原来西尔维斯特太太以为她还在为爸爸的离去而伤心呢。

西尔维斯特太太还不知道博尔科夫斯基太太死了。

这让瑞米的灵魂变得更小,脚趾更僵硬了。她忽然觉得,其实并没有谁能真正知道别人在难过什么。这真是件可怕的事情。

她想路易斯安娜了,也想贝弗莉了。

她有了另一个可怕的想法:博尔科夫斯基太太的灵魂到哪儿去了?

到底去哪儿了?

瑞米闭上眼,看见一只巨大的海鸟飞过:它的翅膀十分庞大,还是深色的,一点儿也不像天使的翅膀。

"博尔科夫斯基太太……"瑞米低声说。

"谁啊,亲爱的?"西尔维斯特太太说。

"博尔科夫斯基太太。"瑞米提高了一些音量。

"我不认识博尔科夫斯基太太,亲爱的。"西尔维斯特太太说,"我是西尔维斯特太太。一切都会好起来的。"

"好吧。"瑞米说。

忽然间,连呼吸都变得困难起来。

博尔科夫斯基太太死了。

博尔科夫斯基太太死了!

咻咻咻。

在前往追悼会的路上,瑞米的妈妈没怎么说话。她坐在方向盘后的样子,和坐在沙发上一模一样:面无表情,直视前方。

阳光十分耀眼,可整个世界看上去却是灰色的,仿佛所有的颜色在一夜之间都已褪去。

她们路过了中佛罗里达轮胎公司。公司窗外挂着的巨型条幅上写着:"你就是1975年中佛罗里达轮胎之星!"

瑞米看着条幅,吃惊地发现这句话对她来说没有任何意义。

成为中佛罗里达轮胎之星？那意味着什么？这个广告没有给她任何的承诺。

瑞米低头看了看写弗洛伦斯·南丁格尔的那本书。之所以把它带上，是因为她觉得不该把它丢在家里。

"这本书讲的是什么？"妈妈直视前方，问道。

"是图书馆的书。"瑞米说。

"嗯……"

"讲的是弗洛伦斯·南丁格尔。她是一位护士。她走在光辉的大道上。"

"那不错。"

瑞米又低下头，看着弗洛伦斯·南丁格尔手里的灯。南丁格尔正将它高举过头顶，仿佛举着一颗星星一样。

"你相信吗？如果你待在一个足够深的洞里，白天时，你从洞里抬头看天，也能看见星星——即使是在大晴天。"

"什么？"妈妈说，"我不相信。你在说什么啊？"

瑞米不知道自己是否相信，可她想要相信。她希望这是真的。

"算了。"她对妈妈说。然后她们一路无言。

二十九　追　悼　会

芬奇礼堂的地板由绿色和白色的瓷砖组成。瑞米从记事时起,就只走在绿色的瓷砖上,因为有人跟她说走白色瓷砖会带来厄运。是谁说的呢?她不记得了。

礼堂前端有一个舞台,舞台上有一架钢琴,红色的天鹅绒幕布永远都敞开着。瑞米从没见幕布拉上过。

礼堂中间有一张长桌,桌上摆满了食物,人们围在那儿交谈。

瑞米先踩在一块绿色瓷砖上,再迈向下一块绿色瓷砖,小心翼翼地向前移动着。一个路过的大人拍了拍她的头。

有人正在说话:"我觉得是蛋黄酱,不过不确定。这些东西很难分辨。"

另一个人说:"她是个非常有趣的人。"

也有人在哈哈大笑。瑞米忽然意识到,自己再也听不到博尔科夫斯基太太大笑了。

爸爸常说博尔科夫斯基太太笑起来就像一匹受惊的马,可瑞米很喜欢。瑞米喜欢博尔科夫斯基太太把头向后一仰,张大嘴像马叫一样的大笑;喜欢她大笑时完全显露出来的牙齿;喜欢她身上樟脑丸的气味;喜欢听她说"咻咻咻";喜欢她关于灵魂的探讨。瑞米从未听别人谈论过有关灵魂的话题。

妈妈的身旁站着一个人,那个人把一个小黑皮包提在胸前。无论妈妈说什么,那个人都疯狂地点头。

瑞米想听到博尔科夫斯基太太大笑。

想听到她说"咻咻咻"。

瑞米以前从没料到,她的一生中,竟然会有如此孤独的时刻。就在这时,她听见有人说:"我的天哪!"

瑞米转过身来,竟然是路易斯安娜。站在她身旁的奶奶穿着一件皮草大衣,可现在是夏天。

奶奶手里拿着一张纸巾,不停地在脸前挥舞着,对经过身旁的每个人都要说上一句:"我真是痛不欲生啊。"

"我也痛不欲生。"路易斯安娜一边注视着满桌的食物,一边说道。

她们俩的头上都戴了许多兔子发卡。

路易斯安娜。

路易斯安娜·埃莱凡特。

此时见到她,瑞米感到前所未有的开心。"路易斯安娜。"她低声叫道。

"瑞米!"路易斯安娜笑着张开双臂。瑞米走了过去,不再留意踩的是绿格子还是白格子,她已经不在乎了。她从容地走在瓷砖上,该来的总是要来的,不管你踩的是什么颜色的瓷砖。

路易斯安娜给了瑞米一个大大的拥抱。

瑞米松开手,那本讲南丁格尔的书掉在了地板上,发出击掌般的声音。

"博尔科夫斯基太太死了。"瑞米哭着说,"博尔科夫斯基太太死了。"

三十 诉 说

"嘘……"路易斯安娜拍拍瑞米的后背,"对不起,请节哀。这是葬礼上的官方安慰语。不过说真的,我也很难过,请节哀。"

空气从路易斯安娜的沼肺里进进出出,发出吱吱的响声。

"我喜欢这句话,'对不起,请节哀'。"路易斯安娜仍然拥抱着瑞米,"我觉得这句话不错,适用于任何人、任何时间。比如,你可以对我说这句话,用在阿琪或者我爸妈身上。"

瑞米打了个嗝。"对不起,请节哀。"她重复道。

"好了,好了。"路易斯安娜说,"你接着哭吧。"她每拍一下瑞米,她的肺就会随之发出一阵吱吱声,她的发卡也随之叮当作响。

舞台上面,有人开始用钢琴演奏《筷子华尔兹》。

瑞米本以为,路易斯安娜这么瘦弱,被她抱着一定不会有多舒服,可事实上瑞米却备感安慰,即使发卡叮当作响,即使她的沼肺发出吱吱的声音。

瑞米紧紧地抱着路易斯安娜。她又打了个嗝。她闭上眼,又睁开眼,看见路易斯安娜的奶奶正站在桌前,拿起一串巨大的绿色葡萄,装进自己的手提袋里,然后又抓了满满一大把薄脆饼干,塞进了皮草大衣的口袋里。

她竟然在博尔科夫斯基太太的追悼会上偷东西!

琴声更加嘹亮。瑞米抱着路易斯安娜,环视整个礼堂。妈妈正抱紧双臂,站在角落里。她一边听别人说话,一边点着头。

路易斯安娜的奶奶又拿起一整块橙子奶酪,装进了袋子里。

瑞米觉得有点儿头晕。

"我有点儿晕。"她说。

路易斯安娜放开手。她弯腰拾起那本书。"到这儿来。"

她拉起瑞米的手,带她来到舞台那儿,拉开了一侧的红色幕布。一整个宇宙那么多的灰尘蜂拥而出,在她们头顶上飞舞起来,仿佛在庆祝什么似的。

"快坐下。"路易斯安娜指了指舞台上的台阶。瑞米坐了下来。"和我说说博拉拉奇太太的事吧。"路易斯安娜说。

"是博尔科夫斯基太太。"瑞米说。

"无所谓。"路易斯安娜说,"说吧。"

瑞米低头看着自己的手。

她试图活动一下脚趾,可还是动不了。

"嗯。"她说,"她叫博尔科夫斯基太太。她住在我们家对面,她笑的时候,你能看见她所有的牙齿。"

"那不错。"路易斯安娜拍拍瑞米的手说,"她有几颗牙齿?"

"很多。"瑞米说,"应该全都在。我帮她剪脚指甲,因为她自己够不到,然后她会请我吃奶油蛋白软糖。"

"什么是奶油蛋白软糖啊?"路易斯安娜问。

"就是一种糖。看起来有点儿像云,味道很独特,但是非常非常甜。有时候博尔科夫斯基太太还会在上面撒一些核桃仁儿。"

"听起来棒极了。"路易斯安娜说完叹了一口气,"我特别喜欢吃糖,加些坚果真是个好主意,你觉得呢?"

"博尔科夫斯基太太还无所不知。"瑞米说。

"嗯,跟我奶奶一样,她也无所不知。"路易斯安娜又拉了一下幕布,灰尘再一次飞扬起来,在她俩身边盘旋着。

瑞米呆呆地望着那些起舞的尘埃。

她仿佛听见博尔科夫斯基太太在说"咻咻咻"。

这时,瑞米想到:如果每一粒尘埃都是一个星球,如果每一个星球都挤满了人,如果每一个人都拥有灵魂,而他们都像瑞米一样,试图活动脚趾,试图参透万事万物,却总是不成功,那会怎么样呢?

这真是个可怕的想法。

"我好饿呀。"路易斯安娜说,"我什么时候都很饿。奶奶说我的肚子是个无底洞。她说我会吃得我们无家可归的。所以我必须赢得中佛罗里达轮胎之星,那样我们才不会饿死。"

"我爸爸走了。"瑞米说。

"你说什么?"路易斯安娜问。

"我爸爸走了。"

"他去哪儿了?"路易斯安娜四处张望着,仿佛瑞米的爸爸就在这儿——躲在桌子下面,或者藏在窗帘后面了。

"他和一个牙医跑了。"瑞米说。

"就是帮你洗牙的人啊。"路易斯安娜说。

"是的。"瑞米说。

路易斯安娜再次拍拍瑞米的后背。"对不起。"她说,"对不起,请节哀。"

"我在想办法让他回来。"瑞米说,"我在想办法,我要赢得冠军,然后我的照片就会刊登在报纸上,这样他可能就会回来了。"

"能在报纸上看见你的照片真好。"路易斯安娜说,"他会为你感到骄傲的。"

"我觉得不会有用的,"瑞米说,"我根本不会成功的。"

当她说完这句沮丧的话时,食物桌那边突然爆发出一阵扭打声。

路易斯安娜的奶奶喊道:"放开我,先生!"

"算了吧。"另一个人说,"咱们都应该保持冷静。"

"哎呀!"路易斯安娜说。

接着,奶奶说:"我完全不知道你是什么意思,不过我跟你说,不管你想说什么,我都不在乎。"她拔高音调,又继续说道:"路易斯安娜!我们该走了!"

"我得走了。"路易斯安娜说。

她站起来拍了拍瑞米的后背,然后看着她的眼睛说:"我想跟你说一件事。"

"嗯。"瑞米说。

"很高兴认识你。"路易斯安娜说。

"我也是。"瑞米说。

"还有,我想对你说,无论发生什么,你还有我,我也还有你,我们会一直在一起的。"路易斯安娜抬起左臂,在空中挥舞起来,仿佛是她用魔术变出了整个芬奇礼堂——包括天鹅绒幕布、旧钢琴和绿白相间的瓷砖地面。

"好的。"瑞米说完活动了一下脚趾,竟然感觉没有那么麻木了。

"明天棒操课上见。"路易斯安娜说,"不过我想我现在应该从后门出去。你要是见到玛莎·简或者警察的话,别告诉他们我的行踪。"

然后,瑞米还来不及回答她,她就打开了那扇写着"紧急出口请勿擅动,开启会触发警报"的门,走了出去。

警报立刻响了起来。

震耳欲聋。

所有人都在礼堂里乱跑,试图弄清楚到底发生了什么紧急情况。瑞米抬手拉住幕布,用力一拽,继续研究起上下翻飞的灰尘来。

她又活动了一下脚趾。

现在她能感觉到自己的灵魂了。在她体内深处的某个地方,亮起了一个微弱的火花。

逐渐绽放光芒。

三十一　第三堂棒操课

这个世界仍在继续运转。

有人离开,有人死去,有人在追悼会上把橙子奶酪放进自己的手提袋里。有人向你坦白,诉说饥饿时刻困扰着自己。而你一觉醒来,却装作什么也没有发生过。

你拿起指挥棒,若无其事地来参加棒操课,来到克拉拉·文迪普溺亡的湖前,站在艾达·尼家沙沙作响的松树下面,与路易斯安娜和贝弗莉一起等待艾达·尼出现,等她教你如何旋转指挥棒。

这个世界不可思议地、莫名其妙地继续运转着。

"她迟到了。"贝弗莉说。

"我的天哪!"路易斯安娜说,"我开始担心我永远也学不会棒操了。"

"真是件蠢事。"贝弗莉说,"根本没人需要学跳棒操。"

"我需要学。"路易斯安娜说,"我必须得学。"

瑞米什么也没说。今天好热。她注视着湖面。她已经不知道自己需要什么了。

"我有个主意。"路易斯安娜说,"我们去找找艾达·尼吧。"

"我才不去呢。"贝弗莉说着便把指挥棒高高抛起,然后优雅地接住。她脸上的瘀青已经变成了一块黄斑。瑞米能闻出来,今天她嚼的是青苹果味道的口香糖。

"好吧,那我自己去找她。"路易斯安娜说,"因为我非赢不可。我得挣到那笔钱,远离救济站的魔爪。"

贝弗莉说:"说得没错。这些我们都知道。"

"你们和我一起去吗?"路易斯安娜问。

没人回答。于是她转身向艾达·尼家走去。

贝弗莉看了看瑞米,然后耸耸肩。

瑞米也耸耸肩,然后她转过身,追了上去。

"好吧,好吧。"贝弗莉说,"既然如此,那就一起去吧,反正我也没有别的事可做。"

她们向艾达·尼家门口的碎石车道走去。

"我们是三个农夫,"路易斯安娜说,"正在执行一个搜救任务。"

"随便吧,你爱怎么说就怎么说。"贝弗莉说。

她们围着房子和车库仔细地找了一圈,艾达·尼并不在这儿。

"也许她在办公室里,"路易斯安娜说,"正在规划接下来的授课方案呢。"

"嗯,没错。"贝弗莉说。

路易斯安娜敲了敲车库门,没有任何反应。贝弗莉走过去,转了转门把手。

"锁没问题。"贝弗莉从短裤里掏出那把折叠刀,然后把指挥棒递给瑞米,说,"帮我拿着。"

她开始撬锁,脸上一副若有所思的神情。

"那个……"瑞米说,"我们要破门而入吗?"

"不然呢?"贝弗莉说。

她又摆弄了几下,然后灿烂地笑着说:"好了。"

门开了。

"我的天哪!"路易斯安娜说,"这个技能真实用。"

"比棒操有意思多了吧?"贝弗莉说。

路易斯安娜向屋内瞄去。"艾达·尼小姐?"她说,"我们来上棒操课了。"

贝弗莉推了路易斯安娜一把:"要想找到她,就进去找。"

"艾达·尼小姐?"路易斯安娜走了进去,贝弗莉和瑞米紧随其后。整个车库的地面和墙壁都被绿色的长毛地毯覆盖着,就连天花板上也是。大约几百个棒操奖杯散乱地堆放着,闪烁着昏暗的绿光,整个车库看上去就像阿里巴巴的藏宝洞一样。远处的墙壁那儿有一张桌子,桌子上面有一个名牌,上面写着:艾达·尼,州冠军。

桌子上方挂着一个麋鹿头。

"好家伙,这个地方真是太适合搞破坏了。艾达·尼好像拿了所有的冠军,可有些奖杯根本就不是她的。看见这个了吗?"贝弗莉指着一个奖杯说,"这个是属于我妈妈的。"

路易斯安娜眯着眼,仔细看了看那个奖杯。"上面写着朗达·乔伊。"她说,"谁是朗达·乔伊?"

"就是我妈妈。她结婚之前姓乔伊。"

"那你本来应该叫贝弗莉·乔伊的!"路易斯安娜说。

"不。"贝弗莉说,"不是那么回事。"

"你妈妈是棒操运动员?"瑞米问。

"我妈妈以前是棒操运动员,还是选美皇后。"贝弗莉说,"可那又怎么样?现在她什么也不是了。现在她只是个普普通通的营业员,在贝尔纳普观光塔的礼品店里出售阳光罐和橡胶短吻鳄。"

"这儿就有一大笔钱!"路易斯安娜说,"我们可以把这些奖杯都卖了,就再也不用为钱的事操心了。"

"这些东西都只是垃圾而已。"贝弗莉说。

瑞米仿佛在听她们说话,又仿佛没有在听。她直直地望着麋鹿头,麋鹿也直直地望着她。

麋鹿的眼睛里流露出悲伤,看起来就像是博尔科夫斯基太太的眼睛。

有一次,瑞米给博尔科夫斯基太太剪脚指甲时,博尔科夫斯基太太问了她一个问题。她说:"告诉我,这个世界为什么存在?"

瑞米抬起头,看着博尔科夫斯基太太的脸,看着她悲伤的眼睛,说:"不知道。"

"正确。"博尔科夫斯基太太说,"你不知道。没有人知道。没有人。"

"你看什么呢?"贝弗莉把瑞米拉回了现实。

"没什么。"瑞米说,"那个麋鹿看起来有点儿悲伤。"

"它死了。"贝弗莉说,"当然很悲伤。"

"别打岔。"路易斯安娜说,"艾达·尼失踪了。"

"我知道。"贝弗莉说。

"也许我们该进屋找找。"路易斯安娜说。

瑞米仍然望着麋鹿。

咻咻咻。告诉我,这个世界为什么存在?

"走吧。"贝弗莉说,"继续走吧。"她把手放在瑞米的肩膀上,把她的身子转了过来,面向门口。外面世界的光正从那儿照射进来。

瑞米眨了眨眼。

"继续走吧。"贝弗莉再次说道。

于是瑞米向门口走去。

三十二　拿走指挥棒

她们敲了敲艾达·尼家的前门,然后又按了按门铃,没有任何反应。于是路易斯安娜说:"也许她需要帮助,也许三个农夫应该拔刀相助。"

"哈。"贝弗莉不置可否。

"不如你把这扇门也撬开吧。"路易斯安娜说。

"这个主意不错。"贝弗莉说着便掏出小刀,撬开了艾达·尼家的前门。

"艾达·尼小姐?"路易斯安娜大喊道,"是我们,三个农夫。"

屋子深处传来了歌声和鼾声。

路易斯安娜第一个走了过去,贝弗莉紧随其后,最后是瑞米。

"她在睡觉。"路易斯安娜转过身来对她俩轻声说道，"快看！"她抬手一指，艾达·尼正四仰八叉地睡在一张格子沙发上。她的一条胳膊都快垂到地板了，另一只手则紧紧地将指挥棒抱在胸前。她仍然穿着那双白色长靴。

收音机里正在播放一首乡村音乐，歌手正唱着关于离别的歌曲。关于离别的乡村音乐真是数不胜数。

艾达·尼的嘴巴大张着。

"她看起来就像童话里的睡美人。"路易斯安娜说。

"她看起来就像喝醉了。"贝弗莉说完弯下腰，挠了挠艾达·尼的胳肢窝。

"我的天哪！"路易斯安娜说，"别挠，她会生气的。"

她俯身贴近艾达·尼的耳朵，说道："太阳都照到屁股了，艾达·尼小姐，该上课了。"

可什么也没有发生。

瑞米看了看艾达·尼，然后就看向了别处。看着一个大人睡觉总让人感到很恐怖，仿佛这个世界已经完全沦陷，只能任由小孩儿自生自灭一样。瑞米朝克拉拉湖望去。湖水很蓝，波光粼粼。

克拉拉·文迪普在自己的小屋前守望了整整三十六天,期盼着战争结束后,自己的丈夫能安全归来。而到了第三十七天,她却在湖里淹死了。是不小心,还是故意的呢?谁也说不清事情的原委。

第三十八天,大卫·文迪普回来了。

可一切都太迟了,已经没有意义了。克拉拉已经死了。

到底应该等多久呢?瑞米真希望自己向博尔科夫斯基太太问过这个问题。应该等多久呢?到底什么时候才不用继续再等?

"也许,"瑞米想,"我应该去车库里问问那个麋鹿头。"

告诉我,这个世界为什么存在?

"我要拿走她的指挥棒。"贝弗莉说。

"什么?"瑞米回过神来。

"我要拿走她的指挥棒,看好了。"

"别别别。"路易斯安娜用手捂住眼睛,"别拿。我不敢看。"

贝弗莉向熟睡中的艾达·尼靠过去。整个世界忽然变得异常安静。收音机不再播放音乐,艾达·尼也停止了打鼾。

"不。"路易斯安娜捂着眼睛说。

"拜托。"瑞米说。

"别那么胆小。"贝弗莉说。她凑近艾达·尼,片刻之间,指挥棒就像一根银色的绳子一样在她的手指间穿行。"当当!"贝弗莉说。她站起来,举起了指挥棒。阳光映照着克拉拉湖,湖面反射的光衬得指挥棒熠熠生辉。

"我的天哪!"路易斯安娜说。

贝弗莉将指挥棒抛到空中,然后接住。"搞破坏!"她说,"搞破坏,搞破坏!"

此时,收音机里传来了下一首乡村音乐。艾达·尼的鼾声继续响了起来。

贝弗莉将指挥棒抛得更高,接住,又在身前身后旋转起来。她的速度如此之快,如此疯狂,你几乎都看不见指挥棒了。

"天哪!"路易斯安娜说,"你真是跳棒操的天才。"

"做任何事我都是天才。"贝弗莉说。她继续旋转着,笑着,露出了有缺口的门牙。"走吧,"她说,"我们走吧。"

于是她们走了出去。

三十三　世界的规则

她们离开艾达·尼家，沿克拉拉湖滨路走回镇上。瑞米除了拿着自己的指挥棒外，还拿着贝弗莉的。

贝弗莉不时地停下来，用艾达·尼的指挥棒击打路旁的沙砾。沿着蜿蜒的道路前行，波光粼粼的湖面若隐若现。她们越走越远了。

"我们要去哪儿？"瑞米问。

"三十六计，走为上策。"路易斯安娜说。

"没错。"贝弗莉停下来，用艾达·尼的指挥棒击打着沙砾，"走——为——上——策。"

"我知道了。"路易斯安娜说。

"什么？"瑞米说。

"是时候了,我们三个农夫应该去救阿琪了。"

"我们不是三个农夫。"贝弗莉说。

"好吧,那我们是什么呢?"路易斯安娜问。

"听着,"贝弗莉说,"那只猫没救了。"

"你说了你会帮忙的。我们只管去超有爱动物中心,跟他们要猫就是了。"

"世界上根本没有什么超有爱动物中心!"贝弗莉喊道,"我跟你说过多少次了。"

瑞米站在她俩中间,活动着脚趾。她忽然觉得很害怕。

"你们到底帮不帮我?"路易斯安娜注视着贝弗莉和瑞米,她头上的兔子发卡闪烁着刺眼的粉色光芒。

天气实在太热了。

"好吧。"贝弗莉说,"我们可以去找那只猫。我只想说你完全不明白这个世界的规则。"

"我明白世界的规则。"路易斯安娜跺着脚说,"我非常清楚。我爸妈淹死了!我是个孤儿!救济站里没有东西吃,只有腊肠三明治!这就是世界的规则。"

路易斯安娜深深地吸了一口气。瑞米听见她的肺在呼哧呼哧地响着。

"你爸爸在纽约。"路易斯安娜指着贝弗莉说,"你想去找他,可你做不到。你只去过佐治亚州,而佐治亚州就在我们旁边而已,一点儿也不远。这就是世界的规则。"

路易斯安娜的脸变得非常红,她的兔子发卡像着火了一样。"还有你爸爸,"她转头面向瑞米说道,"跟一个洗牙的跑了,你都不知道他还会不会回来。这就是世界的规则!可是,阿琪是猫国的国王,我背叛了它。我想要它回来,我想要你们帮我,因为咱们是朋友。这也是世界的规则!"

路易斯安娜又跺了一次脚。一团沙尘蹿入空中,在她们三个之间飞舞。

瑞米感觉到了自己的灵魂,它躲在自己内心深处的某个地方,很小、很悲伤、很沉重,就像一块大理石一样。突然间,她明白了,她不会成为1975年中佛罗里达轮胎之星的,就连比赛她也压根儿不会去参加。

可路易斯安娜是她的朋友,需要她来保护。瑞米唯一能做的就是当一个好农夫了。

于是瑞米说:"我跟你一起去超有爱动物中心,路易斯安娜。我帮你把阿琪找回来。"

太阳正高高地挂在她们的头顶上。火辣的阳光直射着她们,等待着她们。

"好吧。"贝弗莉耸耸肩说,"去就去呗。"

她们在沉默中走完了剩下的路。

路易斯安娜走在最前面。

三十四　超有爱动物中心

这栋灰色的煤渣砖建筑便是超有爱动物中心。这里曾被刷成粉色,也许那时的气氛更欢乐吧。有些地方的灰色脱落了,露出了粉色,让这个超有爱动物中心看上去像是得了皮肤病一样。

门上挂着一个小小的牌子,写着"十号楼"。

灰色的木门已经有些变形了。

门口有一棵光秃秃的小树,一片叶子都没有,树枝和树干都黄黄的。

"就是这儿吗?"贝弗莉问,"就是这儿?"

"据说就是十号楼。"瑞米说。

"这里就是超有爱动物中心。奶奶就是把阿琪送到这里来的。"路易斯安娜的声音高亢而紧张。

"好吧,好吧。"贝弗莉说,"没问题。就是这里。麻烦你帮个忙,等下让我来说,好吗?你闭嘴就好。"

十号楼内的光线很暗,只有一张金属桌、一个金属档案柜,天花板上还吊着一个电灯泡。地面是水泥的。一个女人正坐在桌后吃三明治。还有一扇紧闭着的门,门后通往一个未知的世界。

这些细节极不情愿地、缓缓地从黑暗中浮现出来。

"你们有什么事?"那个女人问。

"我们是来领猫的。"贝弗莉说。

"没有猫。"那个女人说,"猫被送来的当天就会被处理掉。"

"哦,不!"瑞米说。

那个女人咬了一口三明治。

"处理掉?"路易斯安娜说,"怎么处理?送到哪儿去了?"

那个女人没有回答。她坐在那儿,研究起她的三明治来。

突然,那扇紧闭的门后传来一声凄厉的惨叫。那是一种绝望的、悲痛的、无助的哀嚎。那是瑞米听过的最孤独的声音了,比爱丽丝·奈勃利叫别人握住她的手还可怕。瑞米后背上的汗毛全都竖起来了,灵魂也枯萎了。她紧紧地抓住路易斯安娜的胳膊。

"门后面是什么?"路易斯安娜用指挥棒指着那扇门问道。

"没什么。"那个女人说。

"听着。"贝弗莉说,"那只猫名叫阿琪。你能查一下记录或者什么的吗?"

"没有猫的记录。"那个女人说,"猫太多了。一送过来,就会被处理掉。"

"处理到哪儿去了?"路易斯安娜问。

"走吧。"贝弗莉说,"我们走吧。"

"不。"路易斯安娜说,"我们不走。它是我的猫,我想要它回来。"

哀嚎声再次传来,在整栋楼里回响着。那个女人又咬了一口三明治。天花板上的灯泡不停地前后摇晃着,仿佛在积蓄力量,以便离开这儿,去另一个更好的房间服役。

瑞米仍然拉着路易斯安娜。贝弗莉抓起了路易斯安娜的另一只手:"走吧,我们得马上离开这儿。"

"不。"路易斯安娜说。她们把她拖出门外,回到了阳光下。

"'处理掉'是什么意思?"路易斯安娜问。

"听着。"贝弗莉说,"我跟你说过的,我一直都在劝你。猫已经走了。"

"'已经走了',什么意思?"路易斯安娜问。

"死了。"贝弗莉说。

死了。

这真是个可怕的字眼——如此决绝,如此不容争辩。瑞米抬头看向蓝天和太阳。

"也许阿琪正和博尔科夫斯基太太在一起呢。"瑞米对路易斯安娜说。她好像忽然看见博尔科夫斯基太太坐在街心的躺椅上,有一只猫躺在她的腿上。

"不。"路易斯安娜说,"你骗人。阿琪没有死。如果它死了,那我一定会知道的。"

这时,她们还来不及反应,路易斯安娜就已经推开了那扇变形的木门,冲进了屋内。

"嘿!"瑞米说。

"我们也去。"贝弗莉说。

她们重新回到十号楼内,路易斯安娜已经在那儿一边踢金属桌,一边大喊大叫:"把它还给我,把它还给我,把它还给我!"

那个吃三明治的女人看起来既不生气,也不惊讶。路易斯安娜开始用指挥棒敲桌子。这让那个女人感觉有点儿烦躁,也许是因为以前没人用指挥棒敲过桌子吧。她放下了三明治。

"别敲了。"她说。

空洞的敲击声在屋内回荡着,仿佛被敲的是一面破鼓,在宣告国王的离世。

"你把阿琪还给我,我就不敲了,马上!"路易斯安娜大喊道。

瑞米觉得这也许是她见过的最勇敢的行为了,居然有人敢勒令已经逝去的生命重回人间。看着路易斯安娜,瑞米觉得自己的灵魂仿佛开始跳舞,即便这个世界仅仅由一个灯泡照亮着,如此昏暗,如此阴郁。

"你应该好好照顾它的!"路易斯安娜冲那个女人喊道。砰!

"你应该一天喂它三次!"砰!

"帮它挠耳朵后面!"砰!

"它最喜欢那样了。"砰!

砰!砰!砰……

紧闭的门内,再次传来那可怕的哀嚎声。

路易斯安娜不再敲击桌面。她安静地听着,然后弯下腰,用手撑住膝盖,大口大口地喘起气来。

"她马上就要晕倒了。"贝弗莉对瑞米说,"等她晕倒了,你抓手,我抓脚,我们把她抬出去。"

"我没有……"路易斯安娜说,"晕倒……"

说完她就向一边倒去。

"就是现在。"贝弗莉说。瑞米抓起路易斯安娜的手,贝弗莉抓起她的脚,她们把她抬出了超有爱动物中心,放在了那棵半死不活的树下。

路易斯安娜的胸脯上下起伏着,双眼紧闭。

"现在怎么办?"贝弗莉说。

瑞米活动了一下脚趾。她闭上眼,看见一个摇来摇去的灯泡。漆黑的屋里只有这么一个小灯泡,实在是太暗了。

不过,在这个世界上,没有哪个角落有足够的光亮。

这时，瑞米想起了西尔维斯特太太的玉米糖罐子。黄昏时分，一缕斜阳从克拉克家庭保险公司的窗外照射进来，整个罐子光彩夺目。

"带她去我爸的办公室吧，"瑞米说，"就在附近。"

三十五　在办公室

"出什么事了？"西尔维斯特太太用小鸟般的语调问，"怎么回事，瑞米·克拉克？你们几个怎么浑身都湿透了？下雨了吗？"西尔维斯特太太转头向窗外望去，外面阳光明媚。

"我们把她弄到洒水器那边淋了一下。"贝弗莉说，"好让她清醒一点儿，这样她才能自己走进来。"

"到洒水器那边淋了一下？"西尔维斯特太太说，"让她清醒？"

"阿琪在他们手里，他们不想把它还给我。"路易斯安娜举起拳头，颤抖着说，"我觉得也许我需要坐下休息了。"

"阿琪是她的猫。"瑞米说，"她刚刚晕倒了。"

"有人偷了她的猫吗?"西尔维斯特太太问。

"我真得马上坐下了。"路易斯安娜说。

"当然了,亲爱的。"西尔维斯特太太说,"进去坐下吧。"

路易斯安娜瘫坐在地上。

"偷猫的人是谁?"西尔维斯特太太问。

"这件事一言难尽。"瑞米说。

"这儿好香啊!"路易斯安娜迷迷糊糊地说。

办公室里有一股烟斗味,尽管爸爸和西尔维斯特太太都不吸烟斗。以前在这里办公的是一位名叫艾伦·克朗迪克的保险推销员,他是吸烟的,但没想到这个味道久久不散。

"瑞米?"西尔维斯特太太说。

"这是我棒操课上的朋友。"瑞米说。

"很好。"西尔维斯特太太说。

"我的天哪!"路易斯安娜说,"那是玉米糖吗?"她指向西尔维斯特太太桌上的罐子。

"嗯,是啊。"西尔维斯特太太说,"你想吃几颗吗?"

"我要先躺一会儿。"路易斯安娜说,"等我起来再吃几颗玉米糖。"路易斯安娜慢慢地躺了下去。

"天哪！"西尔维斯特太太握紧双手说，"这到底是怎么回事？"

"她没事的。"贝弗莉说，"就是猫的事让她很伤心。另外，她有沼肺。"

西尔维斯特太太高高挑起她修过的眉毛，电话响了。"天哪！"她说。

"你去接电话吧。"贝弗莉说。

西尔维斯特太太松了一口气。她接起了电话。"克拉克家庭保险公司，"她说，"有什么可以为您效劳的吗？"

阳光从玻璃窗外照射进来。那扇窗户上印有瑞米爸爸的名字——吉姆·克拉克。名字投射出的阴影落在了地面上。

瑞米坐在了路易斯安娜身旁的阴影里。她忽然感觉有点儿头晕。自己应该不会晕倒，但这种感觉很奇怪，很令人困惑。

贝弗莉也蹲了下来。她对路易斯安娜说："起来吧，起来就可以吃玉米糖了。"

西尔维斯特太太还在接电话。她说："克拉克先生不在,不过我可以帮您处理的,劳伦斯先生。但是现在我们公司里有点事情,明天可以吗?太好了,太好了。非常感谢。是的,谢谢您的来电。"

西尔维斯特太太挂上了电话。

瑞米闭上眼,看见十号楼里的灯泡在前后摇摆着。她觉得好累,因为发生了太多事情。

"我觉得好一点儿了。"路易斯安娜坐了起来,"现在我可以吃玉米糖了吗?"

"当然。"西尔维斯特太太说着便打开盖子,拿起整罐糖向路易斯安娜走来。路易斯安娜站了起来,然后把手深深地插进了玉米糖里。

"谢谢你。"她对西尔维斯特太太说。然后她将一大把玉米糖全塞进了嘴巴里。她朝西尔维斯特太太微笑着,嚼了很长时间才把糖吞下去,然后说:"你觉得救济站里有玉米糖吗?"

西尔维斯特太太说:"我觉得你应该再吃一点儿,亲爱的。"她再次打开了罐子。

瑞米环视四周,发现贝弗莉已经打开了爸爸办公室的门,并且正在里面左顾右盼。

瑞米起身来到贝弗莉身边。

"这是我爸的办公室。"她说。

"啊,"贝弗莉说,"我想也是。"她正在看吉姆·克拉克桌子上方那幅克拉拉湖的航拍照片。

"你能看见克拉拉·文迪普的鬼魂。"瑞米说。

"在哪儿?"贝弗莉问。

"就在这儿。"瑞米走上前去,指向右手边的远方的湖面。那儿有一片模糊的黑影,看起来就像是一个迷了路、正在焦急等待的人。她可能是不小心淹死的,也可能是故意的。

瑞米六岁时,爸爸告诉了她这个故事。当时,他让瑞米骑在自己的脖子上,这样才能看清照片,瑞米用手指勾勒出克拉拉的影子。之后的很长一段时间,瑞米都不敢进办公室,因为害怕克拉拉在那儿等着她。她怕克拉拉的鬼魂把自己拖进湖里,拉入水底淹死。

"那只不过是个影子。"贝弗莉说,"没有任何意义。生活中到处都有影子。影子又不是鬼。"

电话又响了,西尔维斯特太太接了起来:"克拉克家庭保险公司,有什么可以为您效劳的吗?"

"他给你打过电话吗?"贝弗莉问。

"谁?"瑞米问。

"你爸爸。"贝弗莉说。

"没有。"瑞米说。

贝弗莉慢慢地点点头。"果然。"她说,但她说这句话并无恶意。瑞米距离贝弗莉很近很近,近得能闻到她身上那种汗水和沙砾混合在一起的奇怪味道。瑞米仔细观察着贝弗莉脸上那块正在消退中的瘀青。

"是谁打的?"她问。

"我妈。"贝弗莉说。

"为什么?"

"我在商店偷东西。"

"为什么?"瑞米再次问道。

"因为……"贝弗莉说着,把手放进短裤口袋,"我要离开这儿,我要自己一个人生活,我要自己照顾自己。"

她们身后,路易斯安娜正和西尔维斯特太太说她爸妈过世的事。

"他们淹死了。"路易斯安娜说。

"天哪!"西尔维斯特太太说。

"是真的。"路易斯安娜说。

"我不准备参加中佛罗里达轮胎之星的比赛了。"瑞米说。

"很好。"贝弗莉点点头,"比赛都是愚蠢的。"

"我不在乎了。"瑞米说。

"嗯。"贝弗莉说,"我可能也不会去搞破坏了,至少这次先算了。"然后,她用一种温柔的语调说道,"猫死了,我真的很难过。"

这时,瑞米感觉到了什么——所有的一切正向她涌来:博尔科夫斯基太太、阿琪、爱丽丝·奈勃利、巨大的海鸟、弗洛伦斯·南丁格尔、史戴夫先生、艾达·尼家那头眼神哀伤的麋鹿、消失的爸爸、克拉拉·文迪普的鬼魂、那只黄鸟和那个空荡荡的笼子、溺水的假人埃德加,还有十号楼里的灯泡。

告诉我,这个世界为什么存在?

瑞米深深地吸了一口气。她尽力挺直身体,向克拉拉·文迪普的鬼魂看去。

那儿什么也没有。只是一个影子而已。

也许吧。

三十六 有人报警了

西尔维斯特太太帮她们拉开门,目送她们离去。

"谢谢你们来访。"她说。

"谢谢您的玉米糖。"路易斯安娜说,"非常好吃。"

在回艾达·尼家的路上,路易斯安娜连续唱了两遍《雨点不断落在我头顶》。她正想唱第三遍时,贝弗莉叫停了她。

"好吧。"路易斯安娜说,"唱歌能帮助我思考。现在我已经下定决心了。"

"下定决心干什么?"瑞米问。

"他们肯定是把阿琪藏起来了。它就在那扇关着的门后面。我们得闯入超有爱动物中心,打开那扇门,然后就能找到它了。一定是这样的。"

"什么?"贝弗莉说,"你疯了吧?你都不记得刚才发生什么了吗?猫已经死了。根本不存在什么破门而入,什么救猫。"

"我们等到天黑,"路易斯安娜说,"就闯进去,把猫救出来。"

"不去。"贝弗莉说。

"去。"路易斯安娜说。

"猫已经死了。"贝弗莉说。

路易斯安娜扔掉了指挥棒,用手指堵住耳朵,开始哼起歌来。

瑞米弯腰捡起了路易斯安娜的指挥棒。

"我才不要再去那个鬼地方呢!"贝弗莉说。

路易斯安娜放下手:"如果连这点勇气都没有的话,三个农夫为什么还要存在呢?"

"三个农夫本来就不存在。"贝弗莉说,"那都是你自己想出来的。"

"他们是存在的。"路易斯安娜说,"因为我们是存在的。我们就在这儿。"

"我在这儿。"瑞米说。

"对。"路易斯安娜说。

"你在这儿。"瑞米指了指路易斯安娜,又指了指贝弗莉,"你也在这儿。我们都在这儿。"

"没错。"路易斯安娜说。

"废话。"贝弗莉说,"我们当然在这儿了。但这并不能让猫起死回生。"

她们继续争论下去,贝弗莉坚称猫已经死了,路易斯安娜则坚信她们能把猫救出来。当她们来到艾达·尼家的车道入口处时,三个人终于安静了下来。只见贝弗莉的妈妈、瑞米的妈妈都在那儿。但路易斯安娜的奶奶不在。

并且,还有一辆警车停在环形车道上。

"警察。"贝弗莉说。

"哦,不!"路易斯安娜说。

艾达·尼正站在她家门口和一位警察说话。她握着一根新指挥棒,用来指点江山。她指了指车库门,又指了指厨房门。

"不!"艾达·尼吼道,"不是我弄丢的。我人生中从来没有丢过任何一根指挥棒。一定是被人偷走的!我办公室的门被撬开了,前门也被撬开了。我是受害者,这是小偷干的。"

瑞米本以为应该不会再发生比十号楼的灯泡,比那可怕的哀嚎,或者比猫死了更糟的事情了,然而艾达·尼偏偏在这时报了警,因为贝弗莉拿走了她的指挥棒。

她们全都会坐牢的!

瑞米、贝弗莉和路易斯安娜三个人呆呆地站在离艾达·尼家较远的一丛杜鹃花旁。

环形车道的内侧,贝弗莉的妈妈正吸着烟,靠在她的蓝色轿车上。瑞米的妈妈则坐在车内,两眼空洞,一如既往地直视着前方。

"哦,不!"路易斯安娜再次说道。

"别慌。"贝弗莉说。

"我没慌。"路易斯安娜说。

"我好像把那根愚蠢的指挥棒落在你爸爸的办公室里了。"贝弗莉说。

"哦!不,不,不!"路易斯安娜说。

"别喊了!"贝弗莉说,"他们没有任何证据。我们只是来上棒操课的,她不在,所以我们就走了。这就是我们的故事。只要我们认定这一点,就没事了。"

瑞米觉得脑袋发沉,浑身发抖。她的心跳得非常快。她的灵魂,当然,早已经消失不见了。

就在此时,突然有一只手从杜鹃花丛里伸出来,抓住了瑞米的脚踝。那是路易斯安娜的奶奶。

瑞米吓得尖叫起来。

路易斯安娜也尖叫起来。

贝弗莉也发出了一声尖叫。

幸运的是,没人听到她们。因为艾达·尼还在一旁指点江山,同时大喊大闹地诉说着她的冤情。

"奶奶,"路易斯安娜说,"你在这儿干吗?"

"没什么可害怕的。"奶奶蹲在杜鹃花丛中低声说道,她的手仍旧紧握着瑞米的脚踝。没想到她的手劲儿还挺大的。

"别害怕。"奶奶说。

"好吧。"瑞米说。

"我有个计划。"奶奶轻轻地晃了晃瑞米的脚踝,"一切都会没事的。"

瑞米注视着奶奶那满头发卡、闪闪发亮的脑袋。她的头发看起来就像着了火似的。

"好吧。"瑞米说。

有人想到了计划,这一点就足以让她感到欣慰了。

三十七　在瑞米家过夜

路易斯安娜和瑞米一起坐在克拉克家的汽车后座上。

三十六计,走为上策。

奶奶说,现在局势混乱,路易斯安娜最好暂时"远离埃莱凡特家"。

于是路易斯安娜得去瑞米家住上一晚。

这就是奶奶的计划。

等到夜深人静之时,贝弗莉也会来瑞米家,然后她们仨,三个农夫,就一起闯入十号楼,把一只已经死去的猫救出来。

这就是三个农夫的计划。

奶奶逃离现场后,她们仓促地敲定了这个计划。

这个计划一定会得到博尔科夫斯基太太的赞赏。博尔科夫斯基太太会大笑起来,她所有的牙齿都会露出来,她还会说:"咻咻咻,祝你们好运。"

"太刺激了,是不是?"她们从艾达·尼家逃离的路上,路易斯安娜说道,"真想知道是谁偷了艾达·尼小姐的指挥棒。"

她用手肘推了推瑞米。

"根本就是小题大做。"瑞米的妈妈说,"无聊。谁会因为丢了一根指挥棒报警啊?"

"要去你家过夜,我觉得好兴奋啊!"路易斯安娜说,"会有晚餐吗,南丁格尔太太?"

"……你在跟谁说话?"沉默片刻后,瑞米的妈妈问。

"和您说话啊,南丁格尔太太。"

"我是克拉克太太。"

"噢,"路易斯安娜说,"我不知道。我以为您和瑞米的姓氏一样呢。"

"我也姓克拉克啊。"瑞米说。

"是吗?"路易斯安娜说,"我还以为你叫瑞米·南丁格尔呢。跟那本书一样。"

"不。"瑞米说,"我叫瑞米·克拉克。"

路易斯安娜怎么会有这么奇怪的想法?如果自己姓南丁格尔又会是怎样呢?走在光芒万丈的道路上,将一盏灯举过头顶,那到底会是怎样的情形呢?

"好吧。"路易斯安娜说,"随便你吧。会有晚餐吗,克拉克太太?"

"当然会有晚餐啊。"

"我的天哪!"路易斯安娜说,"会是什么呢?"

"意大利面。"

"或者做肉饼?"路易斯安娜问,"我超爱吃肉饼的。"

"做肉饼也不错。"瑞米的妈妈说完叹了口气。

瑞米向窗外看去。在某个地方,爸爸也该准备吃晚餐了。他一定会和李·安·迪克森一起坐在包厢里,拿着菜单,抽着烟。李·安·迪克森伸出手来,挽住爸爸的胳膊。瑞米仿佛能看到爸爸吐出的烟雾慢慢地盘旋上升。这时,她恍然大悟。

爸爸不会回来了。

他永远也不会回来了。

"哎哟!"瑞米的灵魂开始枯萎,就好像有人在她肚子上打了一拳似的。

"你刚刚说什么?"路易斯安娜问。

"没什么。"瑞米说。

"也许吃完饭我们可以大声地朗读那本南丁格尔的书。"路易斯安娜说,"奶奶经常在晚上读书给我听。"

"没问题。"瑞米说。

晚饭时,路易斯安娜一个人吃了四份肉饼和一份四季豆。瑞米的妈妈完全看呆了。她们三个坐在餐桌旁,头顶上方有一盏小吊灯。

路易斯安娜说:"我们家也有吊灯,不过现在不亮了,因为没有电。有灯真好。另外,这张桌子我也很喜欢,真大。"

"嗯。"妈妈说,"是挺大的。"

"可以坐下好多人呢。"路易斯安娜说。

"应该是吧。"妈妈说。

然后她们便陷入了沉默。

瑞米听见厨房里的太阳形挂钟正慢慢地、有节奏地发出嘀嗒声。

"你妈妈做饭真好吃。"晚饭结束后,她们回到瑞米的房间里关上门,路易斯安娜说道,"但她不怎么爱说话,是吗?"

"嗯,"瑞米说,"她是不怎么爱说话。"她抬头凝视着天花板上的灯。一只飞蛾正兴奋地围着它扑来扑去。

"你爸爸在家的时候,会不会吻你然后说晚安?"路易斯安娜问。

"有时候会。"瑞米说。她不想再去想他了。她不想记住他俯身亲吻她的额头,把手放在她肩膀上的样子了,也不想记住他朝她微笑的样子了。

"奶奶每天都会吻我,然后说晚安。"路易斯安娜说,"她还会替不在场的人——我爸、我妈,还有我爷爷——给我三个吻。于是我就有了四个吻。"

路易斯安娜叹了口气。她向窗外看去:"救济站里没有人吻你,至少我是这么听说的。现在你想不想来大声朗读那本书?"

"好的。"瑞米说。

"我先来。"路易斯安娜说着便拿起书,随便翻到一页,读了一句话:

"弗洛伦斯很孤独。"

然后她合上书,又再次打开,从第三页上读了一句:

"弗洛伦斯想帮助别人。"

然后她再次合上了书。

"你就不能从头开始读吗?"瑞米问。

"为什么?"路易斯安娜说,"这样读更有趣啊。"她再次打开书,读道:

"弗洛伦斯举起灯。"

窗外,天已经黑了。

"你这样读书,"路易斯安娜说,"就永远不知道接下来会发生什么。这能让你保持警觉。这是我奶奶说的。保持警觉是很重要的,因为你永远不知道这个世界接下来会发生什么。"

三十八　南丁格尔的魔法球

瑞米醒了。黑暗中,闹钟的指针正闪闪发光。现在是一点十四分。

已经过了午夜,贝弗莉还没有来。

也就是说她们不会溜出家门,闯入十号楼,把阿琪偷走了。况且阿琪根本就不在那儿。

什么也不会发生了。瑞米感到很失望,同时也有点儿如释重负。

她躺在床上,盯着闹钟。闹钟自鸣得意地嘀嗒嘀嗒走着,仿佛自己成功地解决了什么重大难题似的。

瑞米爬起来。橙色的小夜灯下,路易斯安娜躺在地板上熟睡着。

《走在光辉大道上:弗洛伦斯·南丁格尔的一生》正摊开放在她的肚皮上。她双手环抱着书,两腿笔直地向前伸去,看上去仿佛是从生命的战场上败下阵来一般。

"从生命的战场上败下阵来。"这是她们大声读书时,路易斯安娜读到的。

"弗洛伦斯·南丁格尔帮助那些从生命的战场上败下阵来的人。她带着她的魔法球来到他们身边……"

"我觉得应该不是魔法球吧。"瑞米说,"是盏灯。有电以前人们都用那个。"

"我知道。"路易斯安娜说。她把书放低,看了看瑞米,然后又举起书,接着念道:"她带着她的魔法球来到他们身边,治好了他们。他们不再忧心忡忡,不再为过去的事情而介怀。"

瑞米觉得自己的心脏怦怦直跳。

"这段话在什么地方?"她问。

"在我脑子里的书上。"路易斯安娜拍拍脑袋说,"有时候它比真正的书写得还好呢。有时候我会舍弃书上的文字,用我想听到的文字来代替。奶奶也是这么做的。"路易斯安娜抬起头,严肃地望着瑞米,"你还想让我继续吗?"

"嗯。"瑞米说。

"很好。"路易斯安娜说,"弗洛伦斯·南丁格尔的魔法球里,装满了各种心愿、希望和爱。所有这些东西都非常微小,也非常明亮。有几千个心愿、希望和爱在魔法球里游动着,弗洛伦斯就是通过它们看到了真相。她就是这样看到了那些从生命的战场上败下阵来的人。

"但后来,有个邪恶的人决定偷走弗洛伦斯·南丁格尔的魔法球,那个人就是玛莎·简。弗洛伦斯必须反击!她用斗篷作为秘密武器。到了晚上,斗篷就会变成一双巨大的翅膀,于是弗洛伦斯就能拿起魔法球,飞越战场上空,寻找受伤的人。

"但是,如果玛莎·简成功偷走了魔法球,那在黑夜里飞翔的弗洛伦斯就什么也看不见了。她还怎么帮助别人呢?"

路易斯安娜唰唰地翻着书。

"你还想听我继续读吗?"

"想。"瑞米说。

路易斯安娜继续大声地读着一本不存在的书,瑞米听着听着渐渐睡着了。她梦见博尔科夫斯基太太坐在街心的躺椅上,突然,博尔科夫斯基太太从躺椅上消失了,她站了起来,离瑞米而去。她拉着行李箱,走在一条长得望不到头的路上。

瑞米跟在她身后。

"博尔科夫斯基太太!"她在梦里喊道。

博尔科夫斯基太太停下了脚步。她把行李箱放在地上,慢慢地打开了它。然后她从里面拿出一只黑猫,把它放在了地上。

"给你的。"博尔科夫斯基太太说。

"阿琪!"瑞米叫道。猫咪跑过来,一边蹭她的腿,一边发出咕噜声。

"是的,阿琪。"博尔科夫斯基太太说。她笑了。然后她再次弯下腰,在行李箱里翻找着:"还有一个东西要给你。"她站了起来,手中举着一个光球。

"哇!"瑞米说。

"接好了!"博尔科夫斯基太太把光球递给瑞米,盖上行李箱,然后拉着它离开了。

"等一下。"瑞米说。

可博尔科夫斯基太太已经走到很远很远的地方了。

瑞米将光球高高举起,看着博尔科夫斯基太太渐渐消失在视野中。

"喵?"阿琪叫了一声。

瑞米低头看着猫,她知道路易斯安娜一定会很开心的,她说得对,阿琪没有死。

可惜这只是个梦。

瑞米站在那儿打量着熟睡的路易斯安娜,想起了这个梦。路易斯安娜的肺呼哧呼哧地喘息着,她看起来非常瘦小。

突然,没有任何征兆地,路易斯安娜猛地睁开眼,坐了起来。书掉在了地上。路易斯安娜说:"我会把事情都搞定的,奶奶,我保证。"

"路易斯安娜。"瑞米说。

路易斯安娜眨了眨眼。"你好啊!"她说。

"嗨!"瑞米说,"贝弗莉没来。"

"反正我们一定得去。"路易斯安娜说完又眨了眨眼,她环视四周说道,"我们得去把它救出来。"

"没有贝弗莉,我们做不到的。"瑞米说,"我们不知道怎么撬锁。"

路易斯安娜头上所有的兔子发卡都挤到了同一个位置,形成了巨大的一团,看上去似乎透露着悲伤。

"至少得去试一试。"路易斯安娜说。

这时,窗外突然射进了一束手电筒的光芒。瑞米竟幻想那是弗洛伦斯·南丁格尔带着她的魔法球来了。

但那并不是弗洛伦斯。

而是贝弗莉·泰普因斯基。

站在窗前的她正打着手电筒从下巴底下朝上照,这样她的脸看起来就像一盏南瓜灯一样。

她在微笑。

三十九　午夜行动

"你怎么才来?"瑞米说。

"我有点儿事。"贝弗莉说。

"什么事?"路易斯安娜问。

"搞了点小破坏。"

"哦,不!"瑞米说。

"别大惊小怪的。"贝弗莉说,"我只不过往湖里扔了几个奖杯而已。"

"什么奖杯?"瑞米问。

"棒操奖杯。"

"你把艾达·尼的奖杯扔进湖里了?"路易斯安娜说。

"那些并不都是她的。"贝弗莉说。

"那你也不能扔啊!"路易斯安娜尖叫着说,"一切都完了。艾达·尼又会报警的。我们再也不能去上课了。我永远也学不会跳棒操了!"

"听我说。"贝弗莉说,"你根本用不着学棒操。你光靠唱歌就能取胜了。"

贝弗莉一说出这句话,瑞米便深有同感。路易斯安娜的歌声简直所向披靡,无往不胜。瑞米也希望路易斯安娜能赢,希望她能成为中佛罗里达轮胎之星。

瑞米停了下来,静静地站着。

"干吗不走了?"路易斯安娜问。

"走啊。"贝弗莉说,"我们走。"

于是瑞米跟了上去。

她们三个一起在黑暗中前行,可意外的是,道路清晰可见。当然,这归功于贝弗莉的手电筒,另外还有街灯和门廊灯。一轮半圆的月亮高高地挂在空中,照得她们前方的人行道银光闪闪。

某处传来一声犬吠。

忽然之间,金色峡谷就像一艘搁浅的轮船一样,从黑暗中显现出来。

"愚蠢的疗养院。"贝弗莉说,"我讨厌那里。"

"快听!"路易斯安娜抓住瑞米的胳膊,说道,"嘘——"

瑞米停下了脚步,而贝弗莉则继续向前走着。

"听见没?"路易斯安娜问。

瑞米听到了灌木丛发出的沙沙声、街灯发出的电流声,还有昆虫翅膀发出的嗡嗡声。一只狗——刚才那只,或者另一只——大声地叫了起来。然后,从很远的地方仿佛传来了音乐声。

"有人在弹钢琴。"路易斯安娜说。

"哇,你真行,但那又怎么样呢?"贝弗莉回头说道。

那是一首非常动听却充满了哀伤的曲子,瑞米猜测那也许是肖邦的曲子,也许弹钢琴的正是那个看门人。本想帮伊莎贝拉做件好事,结果却写了一封抱怨信,那似乎是很久很久以前发生的事了。现在的她仿佛已经变成了另一个人。

瑞米抬头仰望着金色峡谷。公共休息室里还亮着灯。

"走吧。"贝弗莉说,"别浪费时间了。"

"那乐曲真优美。"路易斯安娜说。

瑞米静静地站着。公共休息室的灯光照亮了树冠。她忽然看见树梢上有一个明黄色的东西。她的心怦怦直跳，忙把手放在路易斯安娜的肩上。

"快看！"她说。

"看什么？"路易斯安娜问，"看哪儿？"

"把手电往上照。"瑞米说着向上一指。贝弗莉的手电筒照亮了树枝，一只黄色的小鸟出现在她们眼前，它仿佛就是所有问题的答案。它卧在树梢上，那么小，那么完美，还会飞翔。它歪着头，朝她们看过来。

"噢，"路易斯安娜说，"那就是我救的鸟，就是它。你好啊，鸟先生。"

贝弗莉继续用手电筒对准那只鸟。钢琴声中止了，鸟儿唱出一串婉转的音符。

紧接着，窗户嘎吱嘎吱地打开了。看门人向窗外的黑暗中望去。瑞米看见了他的脸，那是一张悲伤的脸。他在寻找着什么。

贝弗莉立即关掉了手电筒。"卧倒！"她说。

她们三个马上卧倒在地。经过白天的暴晒，现在的路面仍旧留有余温。瑞米把脸贴在地面上，等待着。路易斯安娜的肺里传来一阵呼哧呼哧的声音。然后，看门人吹了一声口哨儿。

那只鸟不再歌唱。

看门人又吹了一声口哨儿。

鸟儿也叫了一声作为回应。

看门人继续吹了一系列复杂的口哨儿,那只鸟唱了一支歌回应他。

"哦!"路易斯安娜说。

她们谁也说不出别的话来了。就连贝弗莉也在安静地听着,看门人和小鸟就这么彼此对唱着。

瑞米抬头向月亮望去,月亮仿佛正在慢慢变大,可她知道那是不可能的。只不过,那半轮明月开始变得像梦里的东西一样,就像博尔科夫斯基太太从行李箱里取出的那些东西一样。那只唱歌的小鸟也像是从博尔科夫斯基太太的行李箱里飞出来的。

突然间,瑞米感到很开心。这真的很奇怪,快乐怎么会无缘无故地就充满你的灵魂呢?

她很想知道爸爸是否睡着了,无论他在哪儿。

她很想知道爸爸是否自然而然地梦见了她。

她也希望如此。

哨声停了。

看门人说:"我知道你在外面。"

树上传来一阵沙沙声。鸟儿闪入黑暗之中,飞走了。

"快跑!"贝弗莉低声说。

三个女孩爬起来,拼命地向前跑去。

直到金色峡谷已经被远远地甩在了身后。

她们停了下来。路易斯安娜直接瘫坐在地上,她双手抱膝,脖子向前伸着,大口大口地喘着气。

贝弗莉说:"缓一缓,顺顺气。"

路易斯安娜抬头看向她俩,说:"我太爱……那只小……黄鸟了。"

"我也很爱它。"瑞米说。

路易斯安娜朝她微笑起来。

贝弗莉把手电筒放到下巴底下,用一种低沉的声音说:"我们都很爱那只小鸟。"说完她也笑了。

世界一片漆黑,月亮仍然高高地挂在空中。

快乐再次席卷了瑞米。

四十　一辆购物车

"阿琪并不总那么听话的。"路易斯安娜说,"事实上,大部分时间,它根本就不听你的。"

"你说什么呢?"贝弗莉问。

她们来到了泰格百超市附近。一辆购物车从山坡上的超市那儿滑了下来,停在一棵树旁。超市停车场的灯光投射在银色的购物车上,闪烁着令人愉快的光芒。

"这辆购物车正好可以用来营救阿琪,真是太完美了。我们可以把它放进车里,推着它走,这样我们想让它去哪儿就可以让它去哪儿了。"

"不可能。"贝弗莉说。

"可能的。"路易斯安娜说。

"大半夜的,我们没法儿推着一辆购物车到处走。它太吵了,再说看起来也很蠢。"

"我觉得我们需要它。"路易斯安娜转身对瑞米说,"你觉得呢?"

"可以啊。"瑞米说,"反正附近也没人。"

"太好了!"路易斯安娜说,"也就是说我们可以带上它喽。"她把购物车从树下推出来,推上了人行道。

购物车的一个轮子有点儿松动,时不时发出一些噪声来。仿佛它想拼命地说点什么,可又没法儿说出口。

"走吧,你们俩!"路易斯安娜向身后看去,"我们去救阿琪吧。"然后她转过头,唱了一首关于出租或出售拖车的歌。

"她大概以为我们在进行某种寂寞的游行吧。"贝弗莉对瑞米说。

她们伴着路易斯安娜的歌声,跟着嘎吱作响的购物车,在这诡异的黑暗中向前走去。虽然看得见周围,但感觉一切都很虚幻。仿佛在黑暗中,重力的作用变小了,物体好像都在飘浮着。瑞米感觉身体轻盈了许多。她试着活动了一下脚趾,感觉脚趾也灵活了很多。

"看见那边了吗？"贝弗莉指着贝尔纳普观光塔说。塔尖上有一盏红色的灯，一闪一闪地亮着。"我妈妈就在那儿上班。她坐在前台后面的一张小凳子上，出售贝尔纳普观光塔的微缩模型、橙子花香水和诸如此类的商品。那儿有一台机器，你把硬币放进去，它就会把硬币敲扁、拉伸，然后在上面印上一个观光塔的图像。那个机器特别吵。我妈妈特别讨厌它。不过，本来她也什么都讨厌。"贝弗莉说道。

"哦。"瑞米说。

"嗯。"贝弗莉说。

在她们前方，路易斯安娜仍旧推着购物车，唱着一首成为公路之王之类的歌。

"你去过塔顶吗？"瑞米问。

"很多次。"贝弗莉说。

"那儿是什么样子？"

"就那样。可以看得很远。你知道吗？我很小的时候，曾经爬上去，希望能看到纽约。因为那时我只是一个小屁孩，什么办法都没有。我只能爬上去，看啊看，希望能看见爸爸。我真是太蠢了。"

瑞米好想知道，如果时机得当，她正好在塔顶，那她又能看见什么呢?她能看见史戴夫先生正带着埃德加驱车前往北卡罗来纳州吗?她能看见爸爸和李·安·迪克森一起逃走吗?

"以后你可以跟我一起上去,"贝弗莉说,"如果你愿意的话。"

"好的。"瑞米说。

路易斯安娜停止了歌唱。她转过身来。

"我们到了。"她说。

矗立在她们面前的,正是十号楼。

见到它,瑞米真是一点儿都高兴不起来。

四十一　再访十号楼

白天就已经十分可怕的超有爱动物中心,夜里则显得更加阴森恐怖。整栋房子透露出一种郁郁寡欢、惶惶不安的气氛,仿佛它曾经做过什么可怕的事情,然后想要钻进地里去,希望没有人注意到。

"我敢说他们根本都用不着锁门。"贝弗莉说,"谁会想进这种鬼地方啊?"

"我们。"路易斯安娜说,"三个农夫。快点,阿琪就在里面。它在等我们呢。"

贝弗莉不屑地哼了一声,但她还是拿出了小刀,走到门前,说道:"不费吹灰之力。"

的确如此。

她刚把刀尖插入锁眼中抖动了一下,瞬间,十号楼的大门便在她们面前敞开了。黑暗就像云朵一样飘散出来。十号楼里连白天都很黑,夜里会黑成什么样啊?连那个摇摆不定的灯泡也没有发出光亮。

"我不敢。"瑞米说。

"什么意思?"路易斯安娜问。

"我在这儿等你们吧。"瑞米说。

贝弗莉将手电筒向里面照去。

"照一下门。"路易斯安娜说,"我知道它就在那扇门后面。"

"我知道。"贝弗莉说,"你早就说过了。"

她转向瑞米说:"你就在这儿等着吧,没事的。"

"不。"路易斯安娜说,"我们三个农夫要一起行动,否则就都别进去。"

"好吧。"瑞米说。因为她必须和她们一起行动,她必须尽力去保护她们。她们也必须保护她。

于是她们三个一起踏进了十号楼内。

手电筒的光在黑暗中晃动着,然后停了下来。里面的味道可真难闻,充满了氨气和腐烂的味道。贝弗莉把手电筒朝另一扇门照去。

这时,那可怕的哀嚎声穿墙袭来。

有人就要死了!有人已经放弃了所有的希望!有人只剩下了难以名状的绝望和恐惧!

"握住我的手。"瑞米低声说。

四十二　空　笼　子

路易斯安娜握住了瑞米的手。

瑞米握住了贝弗莉的手。

光束在房间里四处游走着。它掠过天花板、金属桌、档案柜,从那个不亮的灯泡上一晃而过。瑞米不知为何,竟对灯泡生起气来。

它难道就不能试着亮起来吗?

"我的天哪,哦,不,不!"路易斯安娜一边说着一边喘着大气。伴随着肺里发出的刺耳的声音,她深深吸了一口气,然后喊道:"阿琪,我来了!"

门内继续传出哀嚎声。

"你能……"路易斯安娜的牙齿在打战,"你能把那扇门撬开吗?"

"当然。"贝弗莉说。她们互相搀扶着,一起向那扇门走去。"你得放开我的手。"贝弗莉对瑞米说,"因为我要撬锁。"

"好吧。"瑞米仍然紧紧握着贝弗莉的手。

"听着。"贝弗莉说,"不如你帮我拿着手电筒吧。"于是瑞米放开了贝弗莉的手,接过手电筒。

"照着锁眼,明白吗?"贝弗莉说。

瑞米刚照到门上,路易斯安娜便伸手过去,转动了一下门把手。

门并没有锁。它慢慢地打开了。哀嚎声更大了。

"阿琪?"路易斯安娜呼唤道。

贝弗莉深吸一口气:"把手电筒给我。"她从瑞米手中接过手电筒,四处照射着,只见到处都是笼子,有大有小。小笼子一个一个地摞在一起,大笼子则跟人类的监狱差不多。所有的笼子都是空的。目光所及,根本没有猫。

这个房间真可怕。

瑞米真希望自己没有进来,因为现在她再也无法忘记这里了。

"阿琪!"路易斯安娜喊道。

贝弗莉向房间深处走去。

"笼子都是空的。"瑞米说,"没有猫。"

"那是什么在叫呢?"贝弗莉说。

"哦,阿琪,"路易斯安娜低声说,"对不起。"

贝弗莉大幅度地摇晃着手电筒走来走去。

然后她说:"在这儿,在这儿。"

四十三 "小 兔 子"

那并不是阿琪。

那根本不是猫。

那是一只狗。或者说,它可能曾经是一只狗。十分瘦小的它四肢平伸地趴在地上,长耳朵也耷拉到地上。它的一只眼睛被打肿了,正痛苦地闭着。

"噢,"路易斯安娜说,"它是某种兔子。"

"它是狗。"贝弗莉说。

小狗摇了摇尾巴。

贝弗莉把手从铁丝中间伸进去,摸了摸它的头。"好了。"贝弗莉说,"好了,没事了。"小狗更欢快地摇起了尾巴。贝弗莉把手收回来后,它不再摇尾巴,马上开始哀嚎。

瑞米腿上的汗毛纷纷立了起来。她的脚趾情不自禁地开始扭动。

"好吧。"贝弗莉说,"好吧。"她拔下门闩,打开笼门。小狗停止了哀嚎。它走出笼子,一边摇尾巴,一边朝她们走过来。它抬起头,用那只好的眼睛看着她们,更欢快地摇起了尾巴。

路易斯安娜跪了下去,把小狗抱入怀中。"我要叫你'小兔子'。"她说。

"这真是我听过的最蠢的名字。"贝弗莉说。

"我们走吧。"瑞米说。

路易斯安娜抱起小狗。贝弗莉用手电筒照向前方,她们一起离开了阴森恐怖的十号楼,回到了正常的黑夜里。

月亮仍高悬在空中,或者说只有一半月亮在那儿。对瑞米来说,这有些不可思议,经历了那么多事之后,月亮还依然照着大地。可现实就是如此——它那么皎洁,又那么遥远。

瑞米在路边坐了下来,路易斯安娜也在她身边坐下。小狗身上的味道很难闻。瑞米伸出手摸了摸它的头。它的头上有许多肿块。

"阿琪没有死。"路易斯安娜说。

"你能闭嘴吗?"贝弗莉说。

"它没有死。它失踪了。我不知道怎样才能找到它。"

"好吧。"贝弗莉说,"它失踪了。现在,我们得离开这儿。"

"我走不动了。"路易斯安娜说,"我太伤心了,走不动了。"

"那你上购物车里待着吧。"贝弗莉说,"我们推你走。"

"那小兔子呢?"路易斯安娜问。

"跟你一起坐购物车,我们推。"

路易斯安娜站起来。

"来。"瑞米说,"把狗给我。"

路易斯安娜把小兔子递给瑞米,然后贝弗莉把路易斯安娜抱起来,放进了购物车里。

"这里不太舒服。"路易斯安娜说。

"谁也没说坐在购物车里很舒服啊。"贝弗莉说。

"是啊。"路易斯安娜说,"我真的很伤心,感觉整个身体好像都被掏空了。"

"我知道。"瑞米说。她把小狗递给路易斯安娜。路易斯安娜紧紧地抱住了它。

"我好想知道阿琪在哪儿,"路易斯安娜说,"好想知道以后我们会怎么样。你们不想知道以后会怎么样吗？"

没有人回答。

四十四　意　外

贝弗莉推着购物车,和瑞米并肩走着。

瑞米说:"真希望现在我们能爬到贝尔纳普塔顶上去。"

"为什么?"贝弗莉说。

"如果能上去的话,就可以看见——我不知道——看见某些东西吧。"

"现在黑灯瞎火的,"贝弗莉说,"啥也看不见啊。再说,塔顶都锁门了,得有钥匙才能打开电梯。"

"你能搞定的。"瑞米说,"你可以闯进去找到钥匙。"

"任何地方我都能来去自如。"贝弗莉说,"可那又怎么样呢?上去根本没有意义啊。"

"上哪儿去啊?"路易斯安娜问。

"去贝尔纳普塔顶。"瑞米说。

"哦。"路易斯安娜说,"我恐高。"她站起来,扭头说道,"所以我爸妈对我很失望。我不可能成为一名成功的'飞象。'"

"嗯。"贝弗莉说,"你以前说过。快坐好,别摔着。"

路易斯安娜坐下来,把小兔子再次揽入怀中。

在她们推车上坡的过程中,那个松动的轮子总会时不时地卡住,于是瑞米和贝弗莉一齐用力推。车上的路易斯安娜没有说话。

她们基本上已经到山顶了。山的后面就是梅布尔·斯威普纪念医院,医院旁边是斯威普湖,西尔维斯特太太就是在这里喂天鹅的。

斯威普湖并不是真正的湖。或者说,一开始,它并不是以湖为目的来修建的。最开始,它只是一个矿坑,但现在它叫斯威普湖。因为梅布尔·斯威普——这块土地的所有者——把这个矿坑捐给了市里,还买了些天鹅过来,并沿湖安装了一些路灯,弄得很漂亮。

从山顶望下去,湖面就像一只黑暗的眼睛一样,注视着瑞米。其中的五盏路灯像卫星一样围绕在湖边,组成了一个庄严的星座。视野范围内并没有天鹅。

瑞米忽然感到特别孤单。她真希望能找到一个付费电话,打给西尔维斯特太太,听她说那句话:"克拉克家庭保险公司,有什么可以为您效劳的吗?"

可即使她能找到电话,西尔维斯特太太也不在办公室。大半夜的,克拉克家庭保险公司早就关门了。

瑞米试着活动了一下脚趾。

路易斯安娜站了起来。她把小兔子抱在胸前,面朝前方说道:"推快点。"

"你开玩笑吧?"贝弗莉说,"你以为你是谁,女王吗?我们已经用尽吃奶的力气了。这辆购物车真是垃圾。这些轮子根本算不上是轮子,就跟方块没什么两样嘛。"

瑞米和贝弗莉一起向前推。

用力一推。

不知怎的——怎么会这样?瑞米也不知道——购物车自己向前滑了出去。

她们根本没有放手,更像是山坡从她们手里抢走了购物车。前一秒钟她们还在用力推,下一秒钟购物车就已经脱了手,自己向山下滑去。

抱着小兔子的路易斯安娜转过头来,望着贝弗莉和瑞米。

"我的天哪!"她说,"再见了。"

紧接着,购物车、路易斯安娜和小兔子就一起消失了,他们以一种不可思议的速度哗啦啦地冲下山去,直奔那个曾经是矿坑的斯威普湖。

"不。"贝弗莉说,"不。"

她们开始奔跑。

这时,购物车的轮子突然顺畅了,它已经做好了急速前进的准备,即使轮子是松动的,但它的速度仍然比她们快得多。一切都像是命中注定。

路易斯安娜的声音从远方传来,已经完全变了调,不像是她的声音了。那个充满恐惧,万念俱灰的声音鬼叫道:"我不会游泳啊!"

小兔子也哀嚎起来,那声音可怕得仿佛世界末日到来了一般。

瑞米加快了速度。她能感觉到自己的心脏和灵魂。她的心脏在狂跳,她的灵魂已经上升到了心脏旁边。不,不对,她的灵魂更像是已经占据了她的整个身体。她变成了灵魂。

这时,黑暗中的某个地方传来了博尔科夫斯基太太的声音。她说:"快跑,快跑,快跑!"

四十五　救　人

瑞米拼命地跑。

贝弗莉跑在她前面。

瑞米可以看见购物车了。她看见路易斯安娜的兔子发卡正闪闪发光，向她使着眼色。她看见小兔子那双奇怪的长耳朵在随风飞舞，看上去就像一双翅膀。

她还看见了一只天鹅。它正站在湖边，傻傻地看着向它冲过来的东西，它看起来并不高兴。博尔科夫斯基太太常说，天鹅是一种喜怒无常的动物。

"不！"路易斯安娜尖叫道。

瑞米眼睁睁地看着购物车仿佛想要逃离地球一样地飞向空中，然后一头扎进斯威普湖里。让人意外的是，他们竟然没激起多大的水花。

这时,天鹅展开双翅,发出一声鸣叫,仿佛是在抱怨,或是在警告。

贝弗莉已经来到了湖边,瑞米还在跑过来的路上。这时,瑞米最后一次听到了博尔科夫斯基太太的声音。

她并没有说:"告诉我,这个世界为什么存在?"

也没有说:"咻咻咻。"

她说的是:"就是你,现在就去做。你可以做到的。"

瑞米继续跑着。她跑过站在那儿发呆的贝弗莉,深吸一口气,跳进了湖里。水立刻没过了她的头顶,在一片漆黑中,她努力地往下潜。

她活动了一下脚趾,就像史戴夫先生教过的那样。

她睁开眼。

她伸出手,向更深的地方游去。

四十六　瑞米·南丁格尔

原来小兔子会游泳。瑞米浮上水面换气的时候,小狗正游过她身边。它的长耳朵漂浮在脑袋两侧,看起来就像一只海兽——某种半身是鱼,半身是狗的神兽。

瑞米深深吸了一口气,再次潜入水中。她看见购物车了。它侧翻着,正慢慢地沉入湖底。她抓住了它。购物车冰凉而沉重,里面没人。

瑞米松开手。她再次浮上水面,换了一次气。只见贝弗莉正把小兔子拽上岸去。天鹅就站在贝弗莉身边,它抻长脖子、低下头,然后又抻长脖子、低下头,仿佛在鼓起勇气发表声明一样。

贝弗莉问:"她在哪儿?"

瑞米没有回答。她再次潜入水中。在黑暗中,她睁开了眼,再次看见了那辆闪闪发光的购物车。然后她看见了闪闪发光的兔子发卡,那正是路易斯安娜脑袋上的发卡。

瑞米向路易斯安娜游过去,把她拉入怀中。

瑞米无数次地救过溺水的假人。她很擅长救人。这是史戴夫先生说的。

可路易斯安娜有些不同——她更重,同时又更轻。

瑞米用一只手紧紧地抱着路易斯安娜,她使劲蹬着腿,游上了水面。她们浮出水面的那一刻,瑞米心想,救人真是世界上最简单的事了。这也是第一次,她终于理解了弗洛伦斯·南丁格尔以及她的灯,还有那条光辉道路的意义。她终于明白奥普辛先生为什么把那本书借给她了。

恍然间,她顿悟了一切。

真希望克拉拉·文迪普溺水的时候,她也在那儿,这样她就可以救克拉拉一命了。

她是瑞米·南丁格尔,为救人而生。

四十七 奇　　迹

路易斯安娜已经没有了呼吸。

贝弗莉哭了。这简直就和路易斯安娜没有呼吸一样令人害怕。

天鹅仍在试图抻长脖子,向前靠过去,一边瞪着她们,一边发出叫声。

小兔子在路易斯安娜的脑袋旁边嗅来嗅去,闻一闻她的发卡,然后发出低沉的呜咽。

路易斯安娜平躺在湖边(实际是矿坑边)的草地上。周围的黄色路灯低头看着她们,等待着奇迹发生。

瑞米把路易斯安娜翻转过来,让她的头偏向一边,然后用拳头击打她的背部。史戴夫先生教过她如何救治溺水的人,如何把肺里的水弄出来,她一一照做。所有环节她都记得很清楚,连顺序也没有搞错。

"你在干吗?你在干吗?"贝弗莉大喊。

小兔子仍在呜咽着。天鹅仍在叫着。黄色的路灯仍照在她们身上。

"你在干什么?"贝弗莉一边哭一边问。

瑞米继续击打着路易斯安娜的后背。突然,一大口水,混杂着少许水草,从路易斯安娜口中涌出。接着,她又吐出了更多的水和水草。路易斯安娜用沙哑的声音充满感激地说:"我的天哪!"

瑞米的灵魂已经充满了她的整个身体。她感觉到了一种很深的爱:对路易斯安娜·埃莱凡特的爱,对贝弗莉·泰普因斯基的爱,对那只虚张声势的天鹅的爱,对那只呜咽的小狗的爱,对那漆黑的斯威普湖的爱,还有对那些黄色路灯的爱。更重要的是,她感觉到了对浑身长满汗毛的史戴夫先生的爱。尽管他已经走了,和溺水的假人一起搬到北卡罗来纳去了。他曾经把手放在她头上,和她说再见;在他走之前,他曾经教会瑞米如何救助溺水的人,如何救路易斯安娜。

"医院！"贝弗莉说。

她们合力抬起路易斯安娜,向前走去。她们已经很擅长这样做了。

小兔子跟在她们身后,天鹅留在了原地。

路易斯安娜说:"我不会游泳。"

"嗯。"贝弗莉说,"我们知道。"

贝弗莉现在还在流泪。

四十八　医　　院

医院门口站着一位护士。她左手夹着香烟,右手托住左手手肘。三个女孩走过来时,她愣住了。

"我的天哪!"那位护士慢慢地放下了香烟,她胸前的名牌上写着:玛赛琳娜。

"她溺水了。"贝弗莉说。

"她没有溺水。"瑞米说,"只是差点儿溺水了。她喝了不少水。"

"我有沼肺。"路易斯安娜说,"我不会游泳。"

"快过来,孩子们。"玛赛琳娜连忙灭了烟,从她们手上接过路易斯安娜,抱着她走进了电动门。

贝弗莉在路边坐了下来。她把小兔子抱在怀中,把脸埋进它的脖子。"你去吧。"她说,"我在这儿坐一会儿。"

"好吧。"瑞米说。她走进门,来到前台的护士那儿,问是否可以给她妈妈打个电话。这个护士的名牌上写着露丝。瑞米觉得这些名牌真贴心,真希望世界上的每个人都戴一个。

"快瞧瞧你自己!"露丝说,"你都湿透了。"

"我跳进湖里了。"瑞米说。

"现在可是早上五点,"露丝说,"你为什么要在早上五点跳进湖里?"

"这很复杂。"瑞米说,"跟一只名叫阿琪的猫有关系,它被超有爱动物中心带走了,然后……"

"然后呢?"露丝问。

瑞米试图把整件事情解释清楚,可她忽然发现自己根本不知道从何讲起。她感觉好冷,开始颤抖起来。

"你听说过中佛罗里达轮胎之星选美比赛吗?"她问。

"什么?"露丝说。

瑞米的牙齿开始打架,膝盖也开始打战。好冷啊。"我……"她重新开口了,这时,她忽然知道应该告诉露丝什么了,"我爸跑了。他和一个叫李·安·迪克森的牙医私奔了。

他不会回来了。"

"真是狼心狗肺。"露丝说着站起身来,从桌子后面走了出来,脱下毛衣。那是一件蓝色的毛衣,和金色峡谷里的玛莎穿的那件一样。她把毛衣披在瑞米的肩上。

蓝色毛衣上有一股玫瑰的香味,不过比玫瑰闻起来更甜、更强烈一些。真暖和。

瑞米哭了。

"嘘——嘘。"露丝说,"快把你妈妈的电话号码告诉我,我给她打过去。"

"好的。嗯,早上好。"妈妈接起电话时,露丝说道,"没什么大事,只是你的宝贝女儿现在在医院里。没什么可担心的,她只是浑身湿透了而已,因为她在湖里游泳来着。另外,她还跟我说,她爸爸和一个叫李·安·迪克森的女人私奔了。"露丝停下来听了一会儿,"嗯……"片刻之后她应了几声,然后又安静地听着。

"啊,"露丝说,"有些人就是狼心狗肺。没有别的形容词了。"

玻璃门外,贝弗莉还抱着小兔子,坐在路边。头顶的天空开始发白。

马上就要日出了。

"你不用跟我解释。"露丝还在跟瑞米的妈妈讲电话,"我全都明白。是的,我明白。但是你的宝贝女儿在我这里。她很好,正在等你来接她呢。"

四十九 它回来了

接下来的事情发生得很快。大人们来了。瑞米的妈妈来了,她把瑞米揽入怀中,紧紧地抱着她,把她不停地前后摇晃着。贝弗莉的妈妈也来了,她和贝弗莉一起坐在路边,狗坐在她们中间。很久之后,路易斯安娜的奶奶也来了。她穿着那件皮草大衣,坐在路易斯安娜的病床前,握着她的手,无声地哭泣着。

瑞米一次又一次地向所有人解释着事情的经过:购物车是怎么冲进了水里,路易斯安娜不会游泳,她是怎么把她救上岸,然后击打她的背部以及她如何从救生班的史戴夫先生那儿学会了救生。

来自李斯特出版社的一位记者也来了。瑞米帮他拼写出了"埃莱凡特"。她还告诉他克拉克的结尾有一个字母"e"①。记者给瑞米拍了张照片。

整个过程中,路易斯安娜一直都在一张白色的病床上沉睡着。她没有说话。她发烧了。

可她会好起来的。所有人都说,她一定会好起来的。

露丝说:"这个孩子得睡一会儿。谁都别再追问她了,让她回家,好好休息。"

可瑞米并不想回家,她只想和路易斯安娜待在一起。于是露丝搬来了一张简易小床,瑞米躺上去,马上就睡着了。

当她醒来时,路易斯安娜还在睡觉。她奶奶还穿着那件皮草大衣,依然握着路易斯安娜的手,她也睡着了。病房外的走廊里很亮,是下午的阳光照进来了,和金色峡谷里的公共休息室一样。

瑞米爬起来,来到门口,看着那光芒四射的走廊。

有一只猫向她走了过来。

瑞米呆呆地注视着它。猫咪越走越近,越走越近。瑞米

---

①克拉克的英文拼写为"Clarke"。

发现它就是自己梦中的那只猫,它就是博尔科夫斯基太太行李箱里的那只猫。

它就是阿琪。

猫咪擦着她的脚边走了过去。它走进病房,跳上路易斯安娜的床,然后把自己蜷成一个球,躺了下来。

瑞米回到自己的小床上,再次睡着了。当她醒来时,已是黄昏时分,然而阿琪仍然躺在路易斯安娜的脚边。它大声地打着呼噜,连病床仿佛都震动了起来。

阿琪,猫国的国王,它回来了。

到了夜里,路易斯安娜才退了烧。她坐了起来,说道:"我的天哪。我饿了。"她的声音很沙哑。

这时她看到了脚边的猫咪。

"阿琪。"她的语气仿佛一点儿也不惊讶。她爬过去,把阿琪拉过来,抱入怀中,然后四下张望了一番,说道:"奶奶来了。"她看了看坐在椅子上睡着的奶奶,然后看了看瑞米,说道,"瑞米·南丁格尔,你也来了。"

"我来了。"瑞米说。

"贝弗莉呢?"

"她回家了。她得照顾小兔子。"

"小兔子?!"路易斯安娜用一种惊叹的语调说道,"我们救了小兔子。还记得怎么救的吗?"

这时露丝走进房间,说道:"这只猫是怎么进来的啊?"

"是它找到了我。"路易斯安娜说,"我失去了它,它也失去了我。我们一起去找它,现在它找到我了。"

瑞米闭上眼,看见博尔科夫斯基太太打开行李箱,把阿琪抱了出来。"这就是奇迹。"她说。

"这不是奇迹。"露丝说,"猫就是这样的。它们有这样的本事。"

五十 意料之外的电话

医院里还发生了另一件事:护士站的电话响了,是找瑞米的。

露丝走进病房里说:"瑞米·克拉克,有人打电话找你。"

瑞米来到走廊接电话。她还穿着露丝的毛衣,毛衣长得快到膝盖了。

"喂?"瑞米说。

露丝搂着瑞米的肩膀,站在她旁边。

"瑞米?"电话另一端的声音说道。

"爸爸。"瑞米说。

"我看见你的照片了,在报纸上……我想知道,你是不是……"

瑞米不知道该说什么。她把听筒贴近耳朵,可只有一片沉默。就像你想从贝壳里听见大海的声音一样,其实你什么都听不见。

就是那样。

过了一会儿,露丝拿过电话,讲了起来。她说:"这个孩子已经很累了。她救了落水的人。你知道我在说什么吗?她救了别人的命。"

接着露丝便挂断了电话。

"他真是狼心狗肺。"她对瑞米说,"没有更适合的词来形容他了。"她搂住瑞米的肩膀,带她回到了路易斯安娜的病房。瑞米爬上小床,继续睡了。

当她醒来时,她忽然好奇,这一切是否只是一个梦而已。

她只记得自己握着电话,却什么也听不见——爸爸什么也没有说,她也什么都没有说。

然后,她想起来了:露丝搂住了她,带她回了房间;路易斯安娜还活着,猫咪正蜷在她脚边熟睡着。

五十一　一切尽收眼底

路易斯安娜去参加了中佛罗里达轮胎之星选美比赛。

她头戴幸运兔发卡,身穿一件绣满亮片的蓝色裙子。她并没有表演棒操,而是唱了一首歌——《雨点不断落在我头顶》。

比赛在芬奇礼堂举行。路易斯安娜的奶奶来了,贝弗莉和她的妈妈来了,瑞米和她妈妈也来了。

艾达·尼也来了,可她看上去并不怎么高兴。医院的露丝也来了。吉姆·克拉克家庭保险公司的西尔维斯特太太也来了。她们都坐到了一起。

瑞米的爸爸没有来。

不出所料,路易斯安娜取得了胜利,戴上了中佛罗里达轮胎之星的皇冠。瑞米很开心。

然后,他们给路易斯安娜颁发了一张1975美元的支票,还给她佩戴上了写着"1975年中佛罗里达轮胎之星"的绶带。之后,贝弗莉·泰普因斯基、瑞米·克拉克和路易斯安娜·埃莱凡特一起登上了贝尔纳普观光塔的塔顶,尽管路易斯安娜恐高。

"我恐高。"路易斯安娜说。她的皇冠和绶带都还没摘下来。她紧闭着双眼,整个人趴在观光台的地面上。

瑞米和贝弗莉站在栏杆前,向外眺望着。

"看见了吗?"贝弗莉对瑞米说。

"嗯。"瑞米说。

"跟我说说你们看见什么了。"路易斯安娜紧贴着地面,不敢站起来。

"一切尽收眼底。"瑞米说。

"描述一下。"路易斯安娜说。

瑞米说:"我能看见斯威普湖和那只天鹅,克拉拉湖,还有医院。我能看见金色峡谷和吉姆·克拉克家庭保险公司。我还能看见艾达·尼家和泰格百超市,还有十号楼。"

"还有呢?"路易斯安娜问。

"艾达·尼家的麋鹿头、西尔维斯特太太桌上的玉米糖罐子、克拉拉·文迪普的鬼魂,还有金色峡谷里放飞的那只小黄鸟。"

"它在飞吗?"路易斯安娜说。

"嗯。"瑞米说。

"还有呢?"路易斯安娜说。

"艾达·尼正在旋转她的指挥棒,露丝在朝我们招手,还有阿琪和小兔子。"

"别叫它'小兔子'了。"贝弗莉已经重新给它起名叫"巴迪"了。

过了一会儿,贝弗莉走过去,把路易斯安娜扶起来,带到了栏杆边。

"睁眼。"贝弗莉说,"你自己看看。"

路易斯安娜睁开眼。"我的天哪!"她说,"好高啊。"

"别担心。"贝弗莉说,"我抓着你呢。"

瑞米也握住了路易斯安娜的手。她说:"我也抓着你呢。"

她们三个就这样站了好久好久,就这样眺望着这个世界。

作者的话

亲爱的读者,
以下情节是真实的:
我在中佛罗里达的一个小镇上长大。
我参加了橙花小姐选美大赛。
我没有赢。
我爸爸在我很小的时候就离开了家。
我失去了他,也尝试过很多方法,希望把他找回来。
我不会唱歌,也不勇敢。
我尝试过做好事,可总是适得其反。
我曾为我的灵魂操碎了心。
我上过棒操课,但是没学会。
我有一些好朋友。
他们站在我身边,支持我,保护我。
是他们让我明白,这个世界是美丽的。
瑞米的故事是虚构的。
但在我心里,瑞米的故事是完全真实的。

作者简介

凯特·迪卡米洛
Kate DiCamillo

凯特·迪卡米洛生于美国宾夕法尼亚州，在佛罗里达州长大。大学时代主修英美文学，并从事短篇小说的创作，曾经获得1998年迈克奈特基金会的作家奖助金。2001年，凯特凭借儿童小说处女作《傻狗温迪克》一举成名，作品获得了纽伯瑞儿童文学奖银奖。2004年，她又以《浪漫鼠德佩罗》斩获纽伯瑞儿童文学奖金奖。《爱德华的奇妙之旅》《魔术师的小象》《高飞》《弗罗拉与松鼠侠》，一部部优秀作品的问世，奠定了凯特在儿童文学界的地位。

凯特笔下的人物都显得十分真实。她说，她并没有塑造这些人物，而是专心聆听这些人对她说什么，然后把他们说的东西转述出来。她不喜欢刻意介入或扭转故事的发展，也不刻意挑选故事的题材或背景，一切都是自然而然流露出来的。

书 评

走在光辉大道上

左 眩

如果用一种简单的方式来描述我们所生活的世界,也许我们可以说,它是由光明与黑暗组成的。清晨,曙光带来崭新的一天;傍晚,黑夜伴着所有的一切沉入幽暗。我们就在这交织着光明与黑暗的世间,明灭爱恨,抛掷光阴。生命明媚处,自然是皆大欢喜,而更加考炼我们的,是在那些光亮未及的阴影里——这种阴影,微小时如同阳光穿过树叶投下的光斑,浓重时却可能深沉蔓延,宛若深渊。长路漫漫,我们每一个人都会遇到这样的阴影,或早或晚,或浅或深,而如何继续走向前,走回光辉大道上去,便是我们每一个人都应当学习的功课。

这正是我们需要迪卡米洛和她的作品的原因。

所以,这位美国当代最负盛名的儿童文学女作家日复一日地创作着;所以,现在,在我们面前再次出现了一部荣获大奖、萦人心怀的杰作。它的名字仿佛是对这位始终向着光明创作,从不让读者失望的作家最确切也最温柔的注解——《提灯的天使》。

三个一起上棒操课的女孩,带着她们各自小世界里的阴影,还有更加强烈的穿透黑暗的渴望,以"三个农夫"作为她们的"队名",开启了一次又一次属于孩子的精彩冒险。

瑞米的爸爸和牙医私奔了,路易斯安娜与奶奶相依为命,贝弗莉看起来倔强,但只有她自己才知道她早已破碎的家庭是多么让人抓狂。

她们来上棒操冠军艾达·尼小姐的课,因为她们打算参加1975年中佛罗里达轮胎之星选美比赛:瑞米为了让出走的爸爸在报纸上看见她的名字而良心发现,路易斯安娜为了得到1975美元的奖金来逃离救济站接回阿琪,而贝弗莉只是想要去搞破坏。正如"三个农夫"的"队名",朴实直率、患难与共的女孩们手拉着手出发了。

迪卡米洛有一种极为杰出的才能,她能够将那些一般人以为孩子不会懂,事实上却对每个人都十分重要的关于人生的真相通过很日常的语言和形象表现出来,在作品中形成令人难忘的交响乐般的回响。在《提灯的天使》里,这种回响是西尔维斯特太太桌上那罐金灿灿的玉米糖,是博尔科夫斯基太太口中的"咻咻咻",是疗养院里奈勃利太太刺耳的尖叫,是史戴夫先生的救生训练,是艾达·尼小姐车库里悲伤的麋鹿头,是路易斯安娜头上亮闪闪的幸运兔发卡,是贝弗莉手里的手电筒,是瑞米那本失而复得的《走在光辉大道上:弗洛伦斯·南丁格尔的一生》,还是那片闪烁着蓝色波光的克拉拉湖……

在这些看似微小的回响里,延展出的,是关于灵魂,关于心碎,关于勇气,关于如何穿过黑暗,走在光辉大道上的世界真相与人生哲理。

在这本小小的书里,迪卡米洛仿佛向我们低声诉说着这世间的一切灰暗:心碎、背叛、死亡、贫穷、疾病、衰老、分离、潦倒……这些灰暗多是只言片语,如同"雨点不断落在我头顶",可仔细想想,每一个却都是茶杯里的风暴,自生自灭,惊天动地。可她又仿佛什么也没有说,她只是讲了三个女孩的故事:去疗养院给老人们读一本书,参加一次葬礼,去拯救一只猫,偷走了一根棒操指挥棒,最后在一次溺水的危险里拯救了自己。

世界的真相如此残酷。路易斯安娜曾经跺着脚说:"我爸妈淹死了!我是个孤儿!救济站里没有东西吃,只有腊肠三明治!这就是世界的规则。"

可人生又是如此奇妙。正如瑞米所感受到的,只是因由某一个毫不起眼儿的瞬间,"在她体内深处的某个地方,亮起了一个微弱的火花。"而当她救起溺水的路易斯安娜时,她顿悟了一切。

光芒四射。

灵魂会因为心碎、害怕和失望而缩小、枯萎,咻咻咻地就消失了。可是,它还会回来,从一个微弱的火花、一点儿微小的光亮重新开始,然后,光芒四射。

正如那只走失了的小猫阿琪,它会自己回来,好像到了某个时刻后自然就会揭晓谜底。

等所有的冒险都已结束,女孩们站到高高的贝尔纳普观光塔塔顶,远眺着曾经发生的点滴过往时,她们发现,一切尽收眼底,而她们,手牵着手的"三个农夫",依然在这里。

依然,走在光辉大道上。

路易斯安娜在自己编的故事里是这样解释那位提灯天使的——"弗洛伦斯·南丁格尔的魔法球里,装满了各种心愿、希望和爱。所有这些东西都非常微小,也非常明亮。

有几千个心愿、希望和爱在魔法球里游动着,弗洛伦斯就是通过它们看到了真相。她就是这样看到了那些从生命的战场上败下阵来的人。"

这,正是迪卡米洛想对我们说的。

迪卡米洛在后记里说,瑞米的故事来源于她真实的经历。而她用她的笔、她笔下的一个个故事告诉我们,无论经历过怎样的黑暗与悲伤,只要我们的心里还有心愿、希望和爱,我们便终将可以手牵着手,重新走到光辉大道上去,成为那位在黑暗里手举光亮的天使。

最好的儿童文学,最好的儿童文学能做的,莫过于此。

2017年10月23日于北京天通苑

《提灯的天使》文学阅读课教案

黄雅芸/南京市玄武区教师发展中心

第一部分：文本赏析

献给遇到此书的你

作为曾读过这本书的读者，我猜这本书可能挺适合你——如果你恰好喜欢读那些一波三折、扣人心弦的精彩故事的话。翻开这本书，扑面而来的就是莫名其妙的哭泣和晕倒、猝不及防的耳光、疯狂驾驶的飞车、气急败坏的争吵——你是不是已经觉得状况百出瞠目结舌了？嘿，这还只是一堂棒操课而已。对了，你也许没上过棒操课，但是你一定上过游泳课、舞蹈课、绘画课或是类似的别的什么课，可你上这些课时发生过这么多让人眼花缭乱的怪事吗？

继续往下读,病房受惊、深夜救宠、滑坡涉险……我仿佛看见,在此起彼伏的呼啸声中,你乘着文字的过山车一路手不释卷、屏息凝神,最后连呼过瘾,感到荡气回肠、意犹未尽。的确,还有什么比一个构思精巧、情节跌宕而又张弛有度的好故事更能抓住人的胃口呢?

但是,并不是所有的书都像这样讲了一个有趣的故事,事实上,你读过的那些"必读书",大多是大人们推荐你去看的,那么,你会不会觉得有点儿不公平呢?嗯,这的确是个可以理直气壮去问一问的好问题——

为什么要读这本书

瑞米一点儿也不喜欢放在她面前的书。

这本书叫《走在光辉大道上:弗洛伦斯·南丁格尔的一生》。它的封面看上去十分压抑、可怕。据说是一本"纪实文学"——瑞米觉得,故事书会比它有趣得多。

可是,当一个年轻、高大、孤单的图书管理员很郑重地把这本书推荐给你的时候,你会好意思说"不"吗?

因为不感兴趣,她迟迟没有翻开这本书。直到她不得不为了"做一件好事"(只有做了好事才能填表,填了表才能参加比赛,赢了比赛才能找回爸爸——要知道,找回爸爸是瑞米的心愿)而带着这本书走进了疗养院。她原本是想给老人读这本书,结果不仅书没读成,还把书落在了一个疯狂大叫的病人床下……后来的后来,书找到了,她听路易斯安娜大声朗读了这本书。要我说,路易斯安娜真是个充满幻想的天才读者,她把南丁格尔的灯想象成了魔法球,甚至还给南丁格尔添上了翅膀,方便她在全世界寻找从生命战场上败下阵来的人——就这样,南丁格尔举着她的灯或者说是魔法球走进了瑞米的世界……最后的最后,恐怕连瑞米自己也没有想到,她竟然真的成了南丁格尔,瑞米·南丁格尔,走上了自己的"光辉大道"——那个瞬间,瑞米顿悟了之前经历的一切,她知道了自己为什么要读这本书。

我忽然想到,不只是瑞米,我们每一个人其实都一样——读到一本书,也就是走上了一条路。这世界上有多少本书,就有多少条前人为你指引的路。你读得越多,走的路就越多,见识也就越多,脚力也就越强,生命也就越健硕。

现在摆在你眼前的这条"路",是怎样的呢?我可以告诉你的是,这不是一条笔直平坦的大道,你会遇到丛生的荆棘,也会遇见伤痛和遗憾,但是你也会看见一盏温暖的灯(或者像路易斯安娜说的,是一个魔法球),里面闪烁着许许多多微小却明亮的光芒,它们的名字叫友谊、勇气、希望、帮助……

有了灯,路就亮了。

神奇的是,童年时代阅读路上的灯,很可能会成为一个人一辈子心头的明亮,永远不会熄灭的明亮。

这就是我对"为什么要读这本书"的回答。

现在,你想上路了吗?

第二部分：教案设计

【适读年级】小学四五年级
【建议课时】两课时

第一课时 阅读指导课

设计意图：

  1.在阅读中练习"有声思考""提炼人物特点"的阅读策略，密切留意自己当下的阅读状态，进行有深度的阅读。

  2.阅读故事的开端部分，产生继续阅读这本小说的好奇心。

建议时长：30分钟

课堂流程：

一、学习策略，开始阅读

1.阅读是一件需要学习的事情，如何能做一个好读者，专注、深入地阅读呢？今天，我们就在阅读小说的过程中学习一种阅读的策略——有声思考。边读书，边把自己脑海中想到的大声说出来。我们可以从"我知道了……""我想知道……"两方面入手，尝试运用有声思考的阅读策略，密切关注自己的阅读进程。

2. 出示第一章开头部分：

三个女孩。

肩并肩。

立正站着。

站在瑞米身旁，穿粉色裙子的那个女孩哭诉道："我越想越害怕。我没法儿坚持下去了！"

她用指挥棒顶住胸膛，跪了下去。

瑞米有些惊讶，也有些羡慕地看着她。

尽管也经常害怕自己无法坚持下去，可她从来没有如此敞亮地承认过。

教师示范:

"我知道有三个女孩,其中一个叫瑞米。"

"还有个穿粉色裙子的女孩,她哭了,她害怕,她跪了下去。"

"我想知道这个女孩怎么了,她为什么这么害怕。"

3.学习运用有声思考的策略自主阅读完第一章。

4.阅读交流:

"我知道了这个女孩倒地不起,她说她背叛了阿琪。"

"我想知道这个阿琪是谁,他们之间发生了什么。"

"我知道了瑞米的爸爸跟人跑了,瑞米没有爸爸了。"

"我想知道瑞米的计划是什么。"

5.板书:背叛阿琪?瑞米的计划?

小结:有声思考能帮助我们抓住自己此时此刻最真实的阅读感受,更重要的是,它能提醒我们敏锐地捕捉问题,并带着问题开始新的阅读之旅。

二、运用策略,继续阅读

1.拿出笔来,把板书的两个问题写在白纸上。(背叛阿琪?瑞米的计划?)

继续独自阅读第二章至第六章,一边读一边练习有声思考。刚才自己提出的问题找到答案了吗?又有什么新的问题产生了?把自己的问题像老师这样用短语简要记下来。

2.阅读交流。

(1)刚才提出的问题解决了吗?

A."我知道了瑞米的计划:上棒操课,学会跳棒操,参加中佛罗里达轮胎之星选美比赛,让爸爸回家。"

B."我知道了那个穿粉色裙子的女孩叫路易斯安娜,她的猫名叫阿琪,她太穷了,所以就把阿琪送走了。她也想学会跳棒操参加中佛罗里达轮胎之星选美比赛,不过她想要赢取奖金接回阿琪。"

(2)除了这些之外,你们还知道了什么?又产生了哪些新的问题?

A."我知道还有一个女孩名叫贝弗莉,她爸爸是警察,她看上去很粗暴,她想要破坏中佛罗里达轮胎之星选美比赛。"

B."我想知道贝弗莉为什么想要搞破坏。"

板书:破坏?

接着阅读下去,相信你们一定会找到问题的答案。

三、关注人物,提炼特点

1.纸上的角色。

(1)在白纸上绘制一个人形外框代表一个女孩,可以在下面写上人名以防混淆。

举例:瑞米——你对她有怎样的印象?学生汇报,老师总结,学生用关键词、短语在框中写下来。

参考词语:胆小、不快乐……

(2)阅读过程中,请注意不断出现的其他人物。每个新角色的出现都有其存在的道理。

举例:西尔维斯特太太。因为文中说她的声音像小鸟,所以也可以把她的人形外框加点小鸟的特征,譬如翅膀。

参考词语:喜欢请人吃东西、喂天鹅。

2.小组合作,完成纸上的角色。

路易斯安娜——害怕、自信、爱幻想……

贝弗莉——暴力、目中无人……

博尔科夫斯基太太——很老、说话古怪……

艾达·尼——没耐心、粗暴……

3.小组交流,互相补充。

4.教师小结。

目前总结的这些词语只是我们对人物的第一印象,随着阅读的深入,我们对她们的认识也许会更丰富,甚至会推翻自己原先的认识。

四、布置自读作业

请每位同学用两周时间读完整本书,一边读,一边完成两份作业。

作业1:填写表格

章节	我知道了……	我还想知道……
一至六	瑞米想学棒操、得冠军、找爸爸; 路易斯安娜想得冠军找回小猫阿琪; 贝弗莉想搞破坏。	贝弗莉为什么要搞破坏?

Raymie Nightingale

作业2:小组合作完成纸上的角色,以手抄报形式在班内进行展览。

第二课时:读后交流课

设计意图:

在自主阅读、读完整本书之后,利用一节课的时间围绕"人与人""书中书""话中话"三个话题进行交流、讨论,帮助学生对这本小说的内涵有更深的把握和理解。

建议时长: 30~40分钟

课堂流程:

一、人与人

1.在完成纸上的角色时,你们有没有发现,随着阅读的推进,你们对有些人物的认识产生了比较大的变化?

例如:

贝弗莉:暴力、目中无人→勇敢、有爱心

瑞米:胆小、不快乐→勇敢、快乐

2.这些变化是怎么产生的呢?从某种程度上说,她们身上发生的事,使我们对人物的认识更为深入了。

板书：认识加深。

比如说，我们通过什么事能感受到贝弗莉其实很有爱心呢？

重温片段：

"嘘。"贝弗莉说。

爱丽丝停止了尖叫。

"一切都会没事的。"贝弗莉说。这时，不可思议的是，她竟然开始哼起了摇篮曲。

贝弗莉·泰普因斯基——保险箱大盗、开锁狂魔、击打地面的那个贝弗莉——此情此景下，居然坐在爱丽丝的床边，握着她的手，对她说一切都会没事的，还哼摇篮曲给她听。

这简直是不可能的事。

看来，要想真正了解一个人，不是那么容易的。所以，我们都要注意，别急着给别人下结论哟！

3.除了认识的加深，不少人物自身也在悄悄地发生着变化。

板书：人物转变。

你发现谁变了？说说为什么会有这样的变化？

例如：瑞米因为有了朋友的陪伴，心情变好了很多。

重温片段：

"我得走了。"路易斯安娜说。

她站起来拍了拍瑞米的后背，然后看着她的眼睛说："我想跟你说一件事。"

"嗯。"瑞米说。

"很高兴认识你。"路易斯安娜说。

"我也是。"瑞米说。

"还有，我想对你说，无论发生什么，你还有我，我也还有你，我们会一直在一起的。"路易斯安娜抬起左臂，在空中挥舞起来，仿佛是她用魔术变出了整个芬奇礼堂——包括天鹅绒幕布、旧钢琴和绿白相间的瓷砖地面。

"好的。"瑞米说完活动了一下脚趾，竟然感觉没有那么麻木了。

"明天棒操课上见。"路易斯安娜说，"不过我想我现在应该从后门出去。你要是见到玛莎·简或者警察的话，别告诉他们我的行踪。"

然后，瑞米还来不及回答她，她就打开了那扇写着"紧急出口请勿擅动，开启会触发警报"的门，走了出去。

警报立刻响了起来。

震耳欲聋。

所有人都在礼堂里乱跑,试图弄清楚到底发生了什么紧急情况。瑞米抬手拉住幕布,用力一拽,继续研究起上下翻飞的灰尘来。

她又活动了一下脚趾。

现在她能感觉到自己的灵魂了。在她体内深处的某个地方,亮起了一个微弱的火花。

逐渐绽放光芒。

4.是啊,因为友谊,她们从三个素不相识的女孩变成了"三个农夫"。

结合纸上角色图,说说她们一起做的哪些事给你留下了深刻印象。

出示结尾,朗读并体会三人的友情:

"睁眼。"贝弗莉说,"你自己看看。"

路易斯安娜睁开眼。"我的天哪!"她说,"好高啊。"

"别担心。"贝弗莉说,"我抓着你呢。"

瑞米也握住了路易斯安娜的手。她说:"我也抓着你呢。"

她们三个就这样站了好久好久，就这样眺望着这个世界。

5.出示作者凯特写在最后的话：

亲爱的读者，

以下情节是真实的：

我在中佛罗里达的一个小镇上长大。

我参加了橙花小姐选美大赛。

我没有赢。

我爸爸在我很小的时候就离开了家。

我失去了他，也尝试过很多方法，希望把他找回来。

我不会唱歌，也不勇敢。

我尝试过做好事，可总是适得其反。

我曾为我的灵魂操碎了心。

我上过棒操课，但是没学会。

我有一些好朋友。

他们站在我身边，支持我，保护我。

是他们让我明白，这个世界是美丽的。

瑞米的故事是虚构的。

但在我心里，瑞米的故事是完全真实的。

同样,在凯特心中,是什么使这不完美的世界变得美好?(朋友)

其实,对我们每个人来说,答案都是一样的。

板书:朋友,让世界更美丽。

二、书中书

这本小说有个很特别的地方——书中有书。

1.你读过《走在光辉大道上:弗洛伦斯·南丁格尔的一生》这本书吗?通过小说里的介绍,你觉得这本书主要讲了什么内容?

2.你认为这本书对于瑞米有什么特别的意义?

结合片断进行讨论:

这也是第一次,她终于理解了弗洛伦斯·南丁格尔以及她的灯,还有那条光辉道路的意义。她终于明白奥普辛先生为什么把那本书借给她了。

恍然间,她顿悟了一切。

小结:每个人生命里都有一条属于自己的"光辉大道",弗洛伦斯·南丁格尔和瑞米的"光辉大道"是同一条,它的名字是——帮助他人。努力寻找,你也会找到自己的"光辉大道"。

三、话中话

这本书里除了扣人心弦的故事情节，还出现了一些让人读后感觉若有所思、意味深长的话。你注意到了吗？

自己翻书找一找，结合书中的人物和故事谈谈自己的理解。

重点围绕以下四句话进行讨论（没有标准答案，重要的是要有自己的思考）：

1.大部分人都在浪费灵魂，任由它们枯萎。

2.你想要成为制造麻烦的人还是解决麻烦的人？

3.如果你待在一个足够深的洞里，当你抬头看天时，即便是正午时分，也能看见满天的星星。

4.这个世界为什么存在？